Goosebumps®

Goosebumps®

Goosebumps® 雞皮疙瘩 44

小矮人的復仇

Revenge of the Lawn Gnomes

R.L. 史坦恩（R.L.STINE）◎著

連婉婷◎譯

雞皮疙瘩

致台灣讀者

讀者們，請小心……

我是Ｒ·Ｌ·史坦恩，歡迎到「雞皮疙瘩」的可怕世界裡來。

你是否曾在深夜裡聽到過奇怪的嚎叫？你是否曾在黑暗中聽到腳步聲——卻根本看不到人？你是否見過神祕可怖的陰影，幽幽暗處有眼睛在窺視著你，或者身後有聲音叫你的名字？

如果是這樣，你應該了解那種奇特的發麻的感覺——那種給你一身雞皮疙瘩、被嚇呆的感覺。

在這些書裡，幽靈在閣樓上竊竊低語；膽顫心驚的孩子忽而隱形；稻草人活了，在田野裡走來走去；木偶和布娃娃也有生命，到處嚇人。

當然，這些都是磨礪心志的好玩的嚇人事。我希望你們感到害怕，同時也希望你們大笑。這都是想像出來的故事。當然，最可怕的地方在你們自己心裡。

過個害怕的一天吧！

R.L. Stine

Goosebumps 雞皮疙瘩

出版緣起

人生從奇幻冒險開始

城邦媒體集團首席執行長 何飛鵬

我的八到十二歲是在《三劍客》、《基度山恩仇記》、《乞丐王子》中度過的。可是現在的小孩有更新奇的玩具、電玩、漫畫，以及迪士尼樂園等。

八到十二歲，正是孩子從字數極少、以圖畫為主的繪本閱讀，跨越到漸漸以文字閱讀為主的時期。也正是訓練孩子從圖像式思考，轉變成文字思考的重要階段。在這個階段，養成長期的文字閱讀習慣，能培養孩子敘事、分析、推理的邏輯思辨能力，奠定良好的寫作實力與數理學力基礎。

然而，現在的父母擔心，大環境造成了習於圖像、不擅思考、討厭文字的一代。什麼力量能讓孩子重回閱讀的懷抱呢？

全球銷售三億五千萬冊的「雞皮疙瘩」，正是為了滿足此一年齡層的孩子的需求而誕生的！

無論是校園怪奇傳說、墓地探險、鬼屋驚魂，或是與木乃伊、外星人、幽靈、吸血鬼、殭屍、怪物、精靈、傀儡相遇過招，這些孩子們的腦袋裡經常出現的角色或想像，經由作者的生花妙筆，營造出一個個讓孩子們縱橫馳騁的魔幻時空、光怪陸離的神奇異界，經歷各種危急險難，最終卻又能安全地化險爲夷。這樣的冒險犯難，無論男孩女孩，無不拍案稱奇、心怡神醉！

本系列作品被譯爲三十二種語言版本，並在全球數十個國家出版，創下了出版史上多項的輝煌紀錄，廣受世界各地孩子的喜愛。作者史坦恩表示，這套作品之所以成功，是因爲多年的兒童雜誌編輯工作，讓他對兒童心理和兒童閱讀需求有了深刻理解——他知道什麼能逗兒童發笑，什麼能使他們戰慄。

我們誠摯地希望臺灣的孩子也能和世界上其他的孩子一樣，有更豐富多元的閱讀選擇。更希望藉由這套融合驚險恐怖與滑稽幽默於一爐，情節緊湊又緊張的「雞皮疙瘩系列叢書」，重拾八到十二歲孩子的閱讀興趣，從而建立他們的閱讀習慣，擁有一個快樂學習的童年。

現在，我們一起繫好安全帶，放膽體驗前所未有的驚異奇航吧！

專文推薦

戰慄娛人的鬼故事

國立臺北教育大學語文與創作系兒童文學教授 廖卓成

這套書很適合愛看鬼故事的讀者。

文學的趣味不止一端，莞爾會心是趣味，熱鬧誇張是趣味，刺激驚悚也是趣味。有人擔心鬼故事助長迷信，其實古典小說中，也有志怪小說一類，《聊齋誌異》就有不少鬼故事。何況，這套書的作者開宗明義的說：「這都是想像出來的故事」，不必當眞。

既然恐怖電影可以看，看鬼故事似乎也無妨；考試的書讀久了，偶爾調劑一下，對頭腦卻是有益。當然，如果看鬼片會連續失眠，妨害日常生活，那就不宜勉強了。

雋永的文學作品，應該有深刻的內涵；但不少兒童文學作品說教有餘，趣味不足。只要有趣味，而且不是害人爲樂的惡趣，就是好的作品。鮑姆（Baum）在《綠野仙蹤》的序言裡，挑明了他寫書就是爲了娛樂讀者。

倒是內行的讀者，不妨考校一下自己的功力，留意這套書的敘事技巧，由主角「我」來講故事，有甚麼效果？書中衝突的設計與化解，是否意想不到又合情合理？能不能有不同的設計？會不會更好？這是另一種引人入勝之處。

導讀

結局只是另一場驚嚇的開始

耿一偉
臺北藝術節藝術總監
臺北藝術大學戲劇系兼任助理教授

不知道大家還記不記得，小時候玩遊戲，比如捉迷藏等，都會有一個人要當鬼。鬼在這個遊戲中很重要，沒有鬼來捉人，遊戲就不好玩。這些遊戲的關鍵特色，不是人要去消滅鬼，而是要去享受人被鬼追的刺激樂趣。所以當鬼捉到人後，不是遊戲就結束，而是下一個人要去當鬼。於是，當鬼反而是件苦差事，因爲捉人沒有樂趣，恨不得趕快找人來替代。所以遊戲不能沒有鬼，不然這個遊戲就不好玩了。

在史坦恩的「雞皮疙瘩系列」中，這些鬼所扮演的角色也是類似遊戲中的鬼，給我帶來閱讀與想像的刺激。各位讀者如果留意一下，會發現在他的小說中，都有一個類似的現象，就是結局往往不是一個對抗式的終局，一種善惡誓不兩立，以消滅魔鬼爲最終目標的故事——這比較是屬於成人恐怖片的模式，不是你死，就是人類全部變殭屍。但「雞皮疙瘩系列」中，你的雞皮疙瘩起來了，可是結尾的時候，鬼並不是死了，而是類似遊戲一樣，這些鬼換了另一種角色，而且有下一場遊戲又要繼續開始的感覺。

礙於閱讀的樂趣，我無法在此對故事結局說太多，但各位看完小說時，可以再回想我在這裡說的，就知道，「雞皮疙瘩系列」跟遊戲之間，的確有類似性。換另一個角度來看，這些主角大多為青少年，他們在生活中碰到的問題，如搬家面對新環境、男生女生的尷尬期、霸凌、友誼等，都在故事過程一一碰觸。

「雞皮疙瘩系列」令人愛不釋手的原因，也在於表面上好像主角是鬼，但讀到一半，你會感覺到，故事的重點不知不覺地從這些鬼怪轉移到那些被追的青少年身上，鬼可不可怕不是重點，重點是被追的過程中，一些青少年生活中的苦悶，也被突顯放大，甚至在故事中被解決了。所以你會在某種程度感受到，這本書的內容是在講你，在講你的生活，在講你的世界，鬼的出現，只是把這些青春期的事件給激化了。

另一個有趣的現象，是從日常生活轉入魔幻世界的關鍵點，往往發生在父母不在身邊，然後主角闖入不熟識空間的時候——比如《魔血》是主角暫住到姑婆家、《吸血鬼的鬼氣》是闖入地下室的祕道、《我的新家是鬼屋》是新家的詭異房間……等等。

因爲誤闖這些空間，奇怪的靈異事件開始打斷平凡無趣的日常軌道，一段冒險展開了，一場你追我跑的遊戲開始進行，而父母們往往對此毫無所悉，不知道自己的兒女在故事結束時，已經有所變化，變得更負責任，更勇敢。

「雞皮疙瘩系列」的意義，也在這個地方。在平凡無奇充滿壓力的青春期校園生活中，有那麼多不快樂、有那麼多鬼怪現象在生活中困擾著我們，但這無法跟家長說，因爲他們不能理解，他們看不到我們看到的。但透過閱讀，透過想像力所引發的鬼捉人遊戲，這些不滿被發洩，這些被學校所壓抑的精力被釋放了。

幸好有這些鬼怪的陪伴，日子不再那麼無聊，世界可以靠自己的力量改變。

終究，在青少年的世界裡，鬼怪並不是那麼可怕，在史坦恩的小說中，也往往會有主角最後拯救了這些鬼怪的情形，彷彿他們不是惡鬼，而比較像誤闖人類世界的外星人……這也是青少年的焦慮，他們正準備降臨成人世界，這件事讓他們起了雞皮疙瘩!!

這句英文怎麼說

那是個悶熱難耐的六月午後。
It was a hot, sticky June afternoon.

1.

噠、噠、噠！

乒乓球在地下室的地板撞出響亮的聲音。「漂亮！」我大叫著，同時望著明蒂追逐那顆球。

那是個悶熱難耐的六月午後，是暑假的第一個星期一，喬．波頓揮出另一記絕妙扣殺。

喬．波頓正是我本人，今年十二歲，最熱愛的事情——當著姊姊的面使勁殺球，讓她拚命追著球跑。

我不是個沒品的運動員，只是喜歡向明蒂證明她並沒有自己想像中的厲害。

你或許會猜想，明蒂和我對事情的看法不盡相同，事實上，我沒有跟家中任

何一個人像。

明蒂、媽媽和爸爸都擁有一頭金髮，身材苗條而高挑，只有我是棕色頭髮，身材又胖又矮。媽媽告訴我，那是因爲我還沒經歷成長期。

因爲我個子矮小，以致於很難瞧見乒乓球網。但就算一隻手綁在背後，我還是能擊敗明蒂。

我有多愛贏球，明蒂就有多討厭輸球，而且她根本不講究公平競爭，每次我擊出漂亮的一球，她都說不算數。

「喬，『踢』球過網不符合規則。」明蒂嘀咕道，一邊從沙發下面挖出球。

「饒了我吧！」我大聲喊道，「所有乒乓球冠軍都會這個招數，這叫『大滿貫』。」

明蒂用她那綠色大眼睛翻著白眼，咕噥道：「噢，少來了！換我發球。」

明蒂是個怪人，她可能是鎮上最怪異的十四歲小孩。

爲什麼這麼說？讓我來告訴你。

就拿她的房間來說吧，明蒂將她的書籍依照作者姓名的字母順序擺放，你能

這句英文怎麼說

我有多愛贏球，明蒂就有多討厭輸球。
As much as I love to win, Mindy hates to lose.

相信嗎？

她替每一本書製作一張卡片，將所有卡片歸檔在書桌的上層抽屜，作爲專屬的藏書卡片目錄。

如果可以的話，她搞不好還會將所有書籍裁切成一樣的大小。

她是個非常有條理的人，衣服全按照顏色收納在衣櫥。首先是紅色的衣服，再來是橙色、黃色、綠色、藍色和紫色，簡直是照彩虹的顏色排序。

享用晚餐時，她會依順時針方向吃餐盤上的料理，這是眞的！我觀察過，她會先吃馬鈴薯泥，接著是豌豆、肉餅，假如發現馬鈴薯泥中有一顆豌豆，她會完全失控！

她就是這麼個怪人。

而我呢？我做事沒有條理，爲人直爽，不像姊姊那樣嚴謹；我爲人風趣，朋友認爲我是很逗趣的人，每個人都這麼認爲，除了明蒂以外。

「拜託，在本世紀末之前，快點發球好嗎！」我高喊道。

明蒂站在球桌另一側，謹愼地準備擊球。她每次都精準地站在同一個位置，兩腳精準地維持同等距離，導致地面都被她的腳印磨損。

「十比八，換我發球。」明蒂終於高喊道，她總是等到發球前才喊出比數，接著擺動她的手臂。

我舉起球拍到嘴邊，像拿麥克風一樣。「她拉回手臂，」我宣布道，「觀眾屏息以待，這是一個緊張的時刻。」

「喬，別跟笨蛋一樣，」她厲聲說，「我必須專注。」

我喜歡假裝自己是一個體育播報員，因爲這樣能把明蒂逼瘋。

明蒂再次拉回手臂，將乒乓球高高地拋到空中，然後……

「有蜘蛛！」我尖叫，「在妳的肩膀上！」

「呀啊——！」明蒂丟掉了球拍，開始發狂地拍打她的肩膀，球掉在桌上撞擊出聲。

「騙到妳了！」我大喊，「這次我得分。」

「不行！」明蒂生氣地喊道，「你是個騙子，喬。」她仔細撫平粉紅色T恤的肩線，接著撿起球，將它拍打過網。

這句英文怎麼說

起碼我是個有趣的騙子！
At least I'm a funny cheater!

「起碼我是個有趣的騙子！」我回答，同時漂亮地轉圈後使力抽球，球在我這一側彈跳一次後快速飛越過網。

「犯規！」明蒂說，「你總是在犯規。」

我拿著球拍向她揮一揮說：「妳真是一板一眼耶，這只是個遊戲，應該要有趣好玩才對。」

明蒂回答：「我擊敗你才會有趣。」

我聳聳肩說：「誰在乎？勝利不代表一切。」

「你在哪讀到那句話的？」她問道，「泡泡糖漫畫嗎？」接著再次翻了白眼。

我想總有一天她的眼睛會直接翻出她的頭！

我也翻了翻白眼——讓眼睛朝頭內部翻轉，直到出現眼白部分，然後說：「我這招厲害吧？」

「幼稚把戲，喬，」明蒂咕噥道，「真的很幼稚，你最好小心點，哪天你的眼睛可能再也轉不回來，那才真叫厲害！」

「冷笑話，」我回答，「非常難笑。」

明蒂再度謹慎地調整雙腳位置。

「她站在發球位置，」我對著球拍講述道，「她表現得很緊張，她……」

「喬！」明蒂嘀咕道，「閉嘴！」

明蒂將乒乓球拋到空中，揮動球拍，接著——

「好噁心！」我喊道，「妳鼻子掛著一大團綠色黏稠物是什麼東西啊？」

這次明蒂無視我，擊球過網。

我向前用球拍尖端擊球，球旋轉高飛過網，落在地下室的角落，就在洗衣機和烘乾機之間。

明蒂用她瘦長的雙腿跟著球慢跑過去。「嘿，巴斯特在哪裡？」她高喊道，「牠剛才不是在烘乾機旁邊睡覺嗎？」

巴斯特是我們的狗，一隻巨大的黑色洛威拿犬，頭部有籃球般大小，牠最愛在地下室角落的舊睡袋上打盹，尤其當我們下來這裡打乒乓球的時候。

每個人都怕巴斯特——只有大約三秒鐘，直到牠開始用又長又濕的舌頭舔人，或者翻身求人對牠的肚子搔癢。

這句英文怎麼說

他們對於園藝充滿狂熱。
They're nuts about gardening.

「喬，牠在哪裡？」明蒂咬著唇問。

「牠一定在這裡某處。」我回答，「為什麼妳總是擔心巴斯特？牠體重超過一百磅，肯定能照顧好自己。」

明蒂皺著眉說：「萬一麥考先生抓到牠就糟了。上次巴斯特啃他的番茄樹，你還記得他說什麼嗎？」

麥考先生是我們的鄰居。巴斯特最愛麥考家的院子，牠喜歡在他們那一棵有著樹蔭的巨大榆樹下小睡，以及在他們的草坪上挖小洞，有時是大洞，甚至在他們的菜園享用點心。

去年，巴斯特挖出麥考先生的所有萵苣，還吃掉最大的櫛瓜當作點心。

我猜這些都是麥考先生討厭巴斯特的原因，他說下次再抓到巴斯特出現在他的菜園，就會把牠變成肥料。

我爸爸和麥考先生是鎮上最好的兩名園藝專家，他們對於園藝充滿狂熱。

我也認為園藝工作某種程度上算有趣，但我不會迷上它，因為我的朋友覺得園藝是怪咖的興趣。

爸爸和麥考先生總是在年度園藝展比賽，通常由麥考先生得到第一名，不過去年是爸爸和我種植的番茄拔得頭籌。

那次結果使麥考先生抓狂，當大會宣布爸爸的名字時，麥考先生的臉色變得像我們的番茄一樣鮮紅。

所以麥考先生今年非常渴望要贏，從幾個月前，他便開始囤積植物養料和殺蟲劑，甚至種起在北灣尚未有人培養的植物，一種綠皮橘肉，稱爲卡薩巴的奇怪甜瓜。

爸爸說麥考先生犯了很大的錯誤，卡薩巴甜瓜永遠不會長得比網球大，因爲它在明尼蘇達州的生長季節過於短暫。

「麥考先生的菜園輸定了，」我說，「今年我們的番茄絕對會再次贏得勝利。多虧我的特製土壤，番茄將會長得跟沙灘球一樣大！」

「你的頭也會。」明蒂反擊道。

我吐著舌頭，並擺出鬥雞眼，做出我認爲最好的回應。

「輪到誰發球？」我問道，因爲明蒂玩得太久，讓我有點混淆了。

這句英文怎麼說

輪到誰發球？
Whose serve is it?

「依然是我發球。」她回答，仔細地調整雙腳位置。

突然間，我們被一陣腳步聲打斷，頗有重量且低沉的腳步聲來自明蒂後方的樓梯。

「是誰來了？」明蒂大聲叫道。

當那個人出現在她身後，我的眼睛睜大到幾乎快掉出來。

「哦，不——！」我尖叫著，「是麥考！」

2.

「喬——！」他咆哮著，怒氣沖沖地走向明蒂，地板隨著他的腳步晃動。

所有色彩從明蒂的臉上褪去，她的手緊握住球拍，造成指節泛白。她試著轉身看向後面，卻動彈不得，雙腳彷彿被腳印凍結住。

麥考的雙手握緊成兩個碩大的拳頭，看起來眞的很生氣。

「我來挑戰你了，這次我會贏你，給我一支球拍。」

「你很可惡耶！」明蒂破口大罵：「我……我早就知道不是麥考先生，早就想到是你穆斯（Moose，駝鹿）。」

穆斯是麥考先生的兒子和我最好的朋友，他的眞名是麥可，不過每個人都叫他穆斯，連他的父母也這樣叫他。

這句英文怎麼說

所有色彩從明蒂的臉上褪去。
All the color drained from Mindy's face.

穆斯在全部六年級學生中是最壯碩的小孩，也是最奇怪的，他的雙腿和脖子像三棵樹幹般粗壯，而且聲音非常洪亮，跟他爸爸一模一樣。

明蒂受不了穆斯，覺得他是個噁心的邋遢鬼。

我認爲他很酷。

「唷，喬！」穆斯低吼著，「我的球拍在哪？」他伸出手試圖抓我的球拍，手臂上的碩大肌肉順勢鼓起。

我收手閃避，可是他結實的手重重地拍了我肩膀一下，我的腦袋都像要掉下來似的。

「哇啊啊——！」我叫喊著。

穆斯放聲大笑，聲音撼動了地下室牆壁，接著用一個打嗝結束笑聲。

「穆斯，你太噁心了。」明蒂不滿地說。

穆斯搔著深褐色平頭說：「哎呀，謝謝妳，明蒂。」

「謝我什麼？」明蒂問道。

「謝這個。」他伸出手，從明蒂手中奪走了球拍。

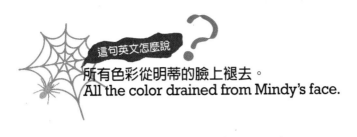

穆斯對空瘋狂地揮舞著明蒂的球拍，差一點打中一盞吊燈，他說：「喬，準備來場眞正的比賽嗎？」

他將乒乓球拋到空中，強壯的手臂向後拉。

碰！球霎時如火箭般飛出去，穿梭於房間，接連彈跳過兩面牆壁，最後越過球網朝我衝來。

「犯規！」明蒂大聲喊道，「這種方法是不被允許的。」

「酷喔！」我喊道，俯衝向前接球，卻揮拍落空。穆斯的發球太精彩了。

穆斯再度擊球，這次球直接射過網，重擊在我的胸口。

好沉的一擊！

「嘿——！」我大喊，同時揉著刺痛處。

「漂亮的攻擊，對吧？」他咧嘴笑道。

「是啊，不過你該擊中的是球桌。」我提醒他。

穆斯將他的大拳頭高舉到空中，低聲吼著說：「超級穆斯！像超級英雄般強壯！」

這句英文怎麼說

那是這個月的第十五顆球。
That's ball number fifteen for this month.

我的朋友穆斯是一個相當狂野的人，明蒂說他是野蠻動物，我認爲他只是熱情太過豐沛。

趁著他仍不停擺動雙手，我直接發球。

「嘿！不公平！」他大喊道，接著快速跑到桌邊，狠狠地擊打那顆球，球被打扁成像一塊白色小煎餅。

我痛苦地哀號：「那是這個月的第十五顆球。」

我拿起小煎餅，將它投進地上的藍色塑膠牛奶箱，裡面已經堆滿成打的扁平乒乓球。

「嘿！我想你打破自己的紀錄了！」我宣布道。

「很好！」穆斯喊著，他跳上球桌，開始蹦蹦跳跳地大喊：「超級穆斯！」

「停下來，你這個笨蛋！」明蒂尖叫道，「你會把球桌弄壞的！」她雙手掩面不敢繼續看。

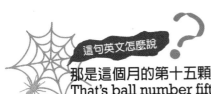

「超級穆斯！超級穆斯！」穆斯反覆喊著。

球桌搖搖晃晃，因他的重量下陷，讓我開始有點緊張。「穆斯，下來！快下來！」我哀求著。

「誰敢命令我？」穆斯質問道。

接著我們都聽到一個響亮又刺耳的破裂聲。

「你快弄壞它了！」明蒂尖叫著，「給我下來！」

穆斯從桌上攀爬下來，搖搖晃晃地走向我，同時雙手伸直，像極了電視上〈來自零號行星的殭屍殺手〉所看到的殭屍怪物。

他高喊道：「現在我要毀了你！」

接著他整個人撲向我。

當他朝我衝過來時，我踉踉蹌蹌地向後閃開，跌在佈滿塵埃的水泥地板上。

穆斯跳過來，坐在我身上壓制住，「說『穆斯的番茄是最棒的！』」他命令道，同時在我的胸口上下彈跳。

「穆……穆斯的，」我呼吸困難地喘著說：「番……我無法……呼吸……眞的……救命！」

「快點說！」穆斯堅持道，用他強大的雙手緊緊圈住我的脖子。

這句英文怎麼說

你對他做了什麼？
What have you done to him?

「呃——」我難受地作嘔，既無法呼吸也無法移動。

我的頭緩緩轉向旁邊。

「穆斯！」我聽見明蒂尖聲叫道，「放開他！快放開他！你對他做了什麼？」

3.

「明、明蒂……」我發出呻吟。

穆斯將雙手從我的喉嚨移開，強壯的身體也離開我的胸口。

「你對他做了什麼？你這個大怪物！」明蒂尖聲叫道，在我身旁跪下並彎著腰，撥開遮住我雙眼的頭髮。

「妳、妳是一個……一個……」我停止說話，虛弱地咳嗽。

「什麼，喬？你想說什麼？」明蒂柔聲地問道。

「妳是個『蠢蛋』！」我喊道，接著開懷大笑。

明蒂猛然抬起頭說：「你像黃鼠狼一樣狡猾！」

「妳被騙了！妳被騙了！」我歡樂地說。

這句英文怎麼說

你們兩個傢伙真的很幼稚。
You guys are totally juvenile.

「做得好，小子！」穆斯咧嘴笑道。

我迫不及待爬起來與穆斯擊掌慶祝。「蠢——蛋！蠢——蛋！」我們一遍遍反覆喊著。

明蒂瘦長的雙手交疊於胸前，怒視著我們，厲聲說：「不好玩，我再也不會相信你們講的任何一個字！永遠都不會！」

「噢，我好怕喔！」我雙膝靠攏後說：「瞧，我的膝蓋在顫抖耶。」

「我也在發抖。」穆斯配合著我，全身扭動不停。

「你們兩個傢伙眞的很幼稚！」她宣布道，「我要離開這裡了。」

明蒂雙手放入白色短褲的口袋後跺著腳離開，卻突然在距離樓梯不遠處停了下來。

位置正好在地下室一扇高高的窗戶前面。

從那扇窗戶望出去，能看到麥考先生的前院。

她透過窗戶上的純白窗簾盯著看，接著瞇起眼睛，突然高聲叫道：「不！噢，不——！」

「別白費功夫了，」我回答，朝她的方向輕彈一顆在地上的髒球，「外面沒有任何東西，我才不會相信妳那種蹩腳的把戲！」

「不是！我看到巴斯特！」明蒂大喊，「牠又去隔壁了！」

「啊？」我快速跑向那扇窗戶，跳上椅子，用力扯開朦朧的窗簾。

沒錯，巴斯特坐在那裡，就在麥考先生家前院開闢成菜園的正中央，「噢，哇！牠又出現在人家菜園。」我喃喃自語道。

「我的菜園！牠最好什麼都別做！」穆斯喊道，怒氣沖沖地走到我後方，將我推下椅子，想要親眼查證。「如果我爸抓到巴斯特在他的菜田，他一定會讓那隻大笨狗化成灰燼，拿來覆蓋土壤。」

「走吧！快點！」明蒂拉著我的手懇求道，「我們必須馬上將巴斯特帶離那裡！在穆斯的爸爸逮到牠之前！」

穆斯、明蒂和我搶著爬上樓梯、奔出前門，我們快速跑過前院草坪，直接衝去麥考家。

抵達草坪邊緣時，我們跳過一排爸爸種植的黃白色矮牽牛，它們被當作區分

這句英文怎麼說

牠會毀掉那些甜瓜的！
He's going to destroy the melons!

我們院子和麥考家花園的界線。

明蒂的指甲掐緊我的手臂，大聲喊道：「巴斯特開始挖土了！牠會毀掉那些甜瓜的！」

巴斯特用強大的前爪賣力挖著，毀壞泥土和綠色植物，使得污泥和葉子四處飛散。

「停下來，巴斯特！」明蒂懇求道，「停止挖土──立刻停下來！」

巴斯特絲毫沒被影響，繼續開挖。

穆斯瞄了一眼他的塑膠手錶，「你們最好盡快把那隻狗弄出來，」他警告道，「現在快六點了，我爸爸會準時在六點走出來幫菜園澆水。」

我承認我很怕麥考先生，他體格非常高大，讓穆斯顯得矮小許多！而且他為人刻薄。

「巴斯特，過來這裡！」我乞求道，明蒂和我同時向牠呼喊。

但是巴斯特完全無視於我們的叫喊。

「別只是站著，為什麼你們不把那隻愚蠢的笨狗拉出那裡？」穆斯要求道。

我搖著頭說：「我們辦不到，牠實在太大又頑固，連一步都不會移動。」

我伸手探到T恤裡面，尋找用繩子掛在脖子上的閃亮金屬狗哨子，無論白天或夜晚我都帶著它，即使穿睡衣時也一樣，它是巴斯特唯一會聽從的東西。

「再兩分鐘就要六點了。」穆斯察看手錶後警告，「我爸隨時會出現在這裡！」

「吹哨子，喬！」明蒂大聲叫道。

我將哨子放在嘴上，吃力地吹出長長的一口氣。

穆斯竊笑道：「那哨子壞了，吹不出任何聲音。」

「那是一個狗哨子，」明蒂得意洋洋地說，「它可以吹出非常高頻率的聲音讓狗狗聽見，人類卻聽不到，你看！」

她指向巴斯特，牠已經從土中舉高鼻子，豎起耳朵聽著。

我再次吹出哨音，巴斯特抖落毛髮上的泥土。

「三十秒倒數計時。」穆斯告訴我們。

我再一次吹著沉默的狗哨子。

好耶！

巴斯特慢慢朝我們小跑過來，同時搖著牠粗短的尾巴。

「快點，巴斯特！」我懇求道，「快點！」我張大手臂準備迎接牠。

「巴斯特——快跑——不要小步跑！」明蒂乞求道。

太遲了。

我們聽到一個響亮的拍擊聲。

穆斯家的前門被甩開。

接著麥考先生走了出來。

這句英文怎麼說

吹哨子。
Blow the whistle.

4.

「喬！你給我過來，現在！」穆斯的爸爸對我怒吼道。

他踩著緩慢笨重的腳步走到菜園，藍色T恤底下的大肚子不停抖動。「過來這裡，孩子——快點！」

麥考先生從軍中退役後，依然習慣發號施令，而且所有人都必須服從他。

我聽從命令走過去，巴斯特跟在我身邊小步跑著。

「那隻狗又來我的菜園？」麥考先生冷冷地看著我質問道，他的冷眼能凍結你的血液。

「沒有，先、先生！」我結結巴巴地回答，巴斯特在我身旁坐下，發出響亮的哈欠聲。

這句英文怎麼說

我們會確保巴斯特遠離您的菜園。
We'll make sure Buster stays out of your yard.

我通常不會說謊，除了面對明蒂以外，可是巴斯特命懸一線，我必須救牠對吧？

麥考先生跳進他的菜園，繞圈巡視著他的番茄、玉米、櫛瓜和卡薩巴甜瓜，仔細檢查每一株植物的莖葉。

噢，哇！我心想，我們正面臨超大的麻煩。

終於，他抬頭凝視我們，瞇起眼說：「如果那隻笨狗沒來這裡，爲什麼泥土都被扒出來？」

「也許是風吹的？」我心虛地回答，總得嘗試一下，或許他會相信。

穆斯悄悄地站到我身邊，他爸爸的出現是他唯一會安靜的時刻。

「呃，麥考先生，」明蒂試著開口，「我們會確保巴斯特遠離您的菜園，我們保證！」接著她露出最甜美的笑容。

麥考先生陰著臉說：「好吧，這次算了。假如我再抓到牠，即便只是聞一聞我的甜瓜，我一定報警，再把牠拖去沉入池塘，我說到做到。」

我倒吸一口氣，意識到他是認眞的，麥考先生不會戲弄人。

「穆斯！」麥考先生厲聲說：「把水管拉來替這些卡薩巴澆水！我說過，它們必須每天澆水至少五次。」

「晚點見。」穆斯咕噥道，然後低著頭，跑往他家後面找水管。

麥考先生一臉陰沉，再次凝視我們一眼，才緩慢笨重地走上前台階，砰一聲關上門。

「也許是風吹的？」明蒂翻白眼，「你腦筋轉得眞快，喬！」她嘲笑道。

「噢，是嗎？至少我給了一個答案，」我回答，「而且請記得是我的哨子救了巴斯特，妳唯一做的是露出虛僞的笑容。」

明蒂和我邊走回家邊爭論著，當我們聽見可怕的低吟聲才停下腳步，巴斯特也豎起耳朵細聽。

「那是誰的聲音？」我細聲問。

不一會兒我們就發現，是爸爸提著一個大灑水壺，在房子旁邊蹣跚而行。

他穿著最愛的園藝裝扮——腳趾上有破洞的運動鞋、鬆垮的格紋短褲和上面印有「我對園藝一竅不通」的紅色T恤。

這句英文怎麼說

你唯一做的是露出虛偽的笑容。
All you did was smile that phony smile.

此時他正唉聲嘆氣，這還眞是奇怪，因爲爸爸玩園藝的時候，心情總是特別好，他會吹口哨、露出笑容、破解冷笑話。

然而今天不太對勁。

今天不知出了什麼大事，而且很嚴重。

「孩子們……孩子們，」他呻吟道，搖搖晃晃地走向我們，「我一直在找你們。」

「爸爸，出了什麼事？怎麼了？」明蒂問道。

爸爸緊抓著頭，身體左右搖晃，深吸一口氣說：「我——我要告訴你們一件可怕的事情。」

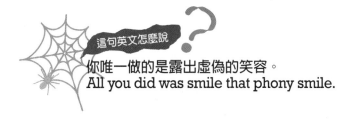

5.

「什麼事，爸爸？」我大叫道，「快告訴我們！」

爸爸啞聲說：「我發現一隻……一隻果蠅在我們的番茄上！在最大顆的番茄——紅皇后上！」

他擦了擦出汗的額頭說：「怎麼會發生這種事？我灑水霧、噴藥劑、修剪枝葉，這禮拜全都做了兩遍。」

爸爸傷心地搖著頭說：「我可憐的番茄，如果那隻果蠅傷害我的紅皇后，我、我不得不退出園藝展！」

明蒂和我互看一眼，我明白我們有同樣的想法，這些大人都變得有點奇怪。

「爸爸，只是一隻果蠅……」我表示道。

這句英文怎麼說

明蒂和我互看一眼。
Mindy and I glanced at each other.

「只需要一隻，喬，只要有一隻果蠅，我們贏得冠軍的機會就會……就會被毀，我們必須做些什麼來補救，而且馬上要做。」

「用那瓶新的殺蟲劑如何？」我提醒他，「上個禮拜從園藝技能目錄買來的東西。」

爸爸的眼神瞬間發亮，他用手梳了梳扁平又凌亂的頭髮，驚叫道：「害蟲剋星！」

他沿著車道小跑去車庫，「過來，孩子們！」他開心地說道，「我們快拿來試一試！」爸爸總算振作起來。

明蒂和我隨著他奔跑過去。

爸爸從車庫後側的紙箱拿出三罐殺蟲劑，瓶身標籤印著「用害蟲剋星揮別害蟲吧！」，圖片是一隻淚流滿面的蟲，拎著手提箱揮手再見。

爸爸遞給明蒂和我各一罐。當我們一起走回菜園，他大聲喊道：「消滅那隻果蠅吧！」

我們拔下害蟲剋星的瓶蓋，「一、二、三……噴！」爸爸指揮道。

爸爸和我齊力噴灑在菜園中間，與木樁相連的二十四棵番茄樹。明蒂還沒開始任何動作，或許是在閱讀金屬罐上的成分標示。

「你們為什麼大呼小叫的？」我媽媽踏出後門高喊道。

媽媽穿著居家服，下半身是一件爸爸破舊鬆垮的格紋短褲，上衣則是幾年前爸爸出差回來後給她的舊藍色T恤，上面寫著「我令你淚光閃閃！」（註1），那是爸爸其中一個蹩腳的園藝笑話。

「嗨，親愛的，」爸爸高聲喊道，「我們正在消滅一隻果蠅，想來看看嗎？」

媽媽露出微笑，皺起她碧眼旁邊的魚尾紋。「非常誘人，不過我必須先完成一張問候卡的設計。」

媽媽是一位平面設計師，在我們家二樓有她的辦公室，她能在電腦上畫出最難以置信的圖片，例如令人驚豔的夕陽、群山和花海。

「晚餐在七點半，各位，沒問題吧？」

「聽起來不錯。」爸爸回應道，媽媽轉身消失在屋內。「好，孩子們，盡快完成噴灑工作！」

這句英文怎麼說

爸爸在那個地方購買他的草地裝飾品。
It's the place where Dad buys his lawn ornaments.

爸爸和我對那些番茄樹重新噴灑一遍，甚至噴過附近的黃色南瓜植株。明蒂瞇著眼睛，將金屬罐噴嘴直接瞄準紅皇后，噴出一道整齊的液體。一隻小果蠅衰弱地拍動翅膀，掉落至地面，明蒂滿意地微笑。

「做得好！」爸爸喊道。

他拍拍我們的背部，朗聲道：「我想這次值得慶祝一下！而且我有一個完美的主意，去逛一逛『美麗草地』！」

「噢，不——」明蒂和我同時痛苦地哀號。

「美麗草地」是一間距離我們家兩條街的店，爸爸在那個地方購買他的草地裝飾品，以及一大堆裝飾品。

爸爸對於草地裝飾品和園藝有同樣的狂熱，我們前院有很多裝飾品，使得除草成爲一件不可能的事！

我們有兩隻粉色塑膠紅鶴、一個長著巨大白色翅膀的水泥天使、一顆在銀色平台上的鍍鉻球體、一組臭鼬家庭的石膏像、一座有兩隻親吻天鵝的噴水池、一隻用鼻子頂著沙灘球的海豹，和一隻缺了角的石膏鹿……光看就很擁擠！

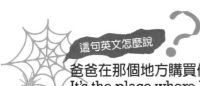

很詭異，對吧？

爸爸眞的很愛它們，他認爲這些應該被歸類爲藝術品。

而且你知道他做了什麼嗎？他每逢假日就會幫它們穿衣打扮，感恩節給臭鼬戴朝聖帽，萬聖節讓紅鶴裝扮成海盜，林肯生日紀念日天鵝要戴著大禮帽和黑色鬍子。

當然，愛整潔的明蒂無法忍受草地裝飾品，媽媽也無法接受，每當爸爸帶回一個新的裝飾品，媽媽總是威脅要丟進垃圾桶。

「爸爸，這些草地裝飾品令人很不自在！」明蒂抱怨道，「開車經過的人都看傻了眼，還會對著我們前院拍照，我們家都變成一個觀光景點了！」

「噢，拜託，」爸爸不滿地說：「只有一個人拍了一張照片。」

這件事要回溯到去年聖誕節，爸爸將所有裝飾品扮成聖誕老人的幫手。

「是啊，那張照片最後出現在報紙上！」明蒂埋怨道，「眞的很尷尬。」

「嗯，我覺得這些裝飾物很酷。」我幫腔道，總得有人捍衛可憐的爸爸。

明蒂厭惡地皺起鼻子。

這句英文怎麼說

他每逢假日就會幫它們穿衣打扮。
He dresses them up on holidays.

我知道讓明蒂對裝飾物感到困擾的眞正原因，是因爲爸爸毫無章法地把它們擺在院子，如果明蒂有權處理，它們會像她的鞋子一樣排得整整齊齊。

「大家一起來吧！」爸爸催促道，並起步走下車道，「去看看有沒有一批新品送來。」

我們毫無選擇。

明蒂和我跟在爸爸身後，步履沉重地走在人行道上，我們思量著：沒關係，已經接近晚餐時間了，我們去店裡快速看一眼裝飾品就可以回家。

我們還沒意識到，我們的生活即將展開一場驚心動魄的冒險。

註1：原文是 I MIST YOU! Mist 看起來像 Miss（想念），有眼淚造成模糊感的意思。

6.

「爸爸，我們不能開車去嗎？」當我們三人沿著頂峰大道的陡坡走向美麗草地，明蒂抱怨道，「天氣熱得走不動。」

「拜託，明蒂，只要走兩條街，況且走路是很好的運動。」爸爸一邊回應，一邊輕快地大步走。

「可是天氣好熱。」明蒂不停地嘀咕，同時梳起她的瀏海，還用手擦了擦額頭。

明蒂說得對，天氣很熱，不過認真說起來，只有兩條街的路程。

「我比妳感到更熱，」我逗弄道，側身靠近明蒂，朝她甩了甩我頭上的汗水，「看見了嗎？」

這句英文怎麼說

這棟老房子狀況不佳。
The old house is not in good shape.

幾顆小汗珠飛落在明蒂的T恤上。

「你實在很噁心耶！」她縮回身體尖叫道：「爸爸！叫他別再做那麼噁心的舉動！」

「我們快到了。」爸爸心不在焉地回應，聽得出他的心思已飛到千里之外，或許正幻想著買到下一個裝飾品。

剛走上那個街區，我就看見擁有高樓尖頂的美麗草地，它的建築延伸至天空，比周遭所有房子都還高。

這地方有夠怪，我心想。美麗草地是一棟遠離街道的破舊三層樓房，整個建築被漆成粉紅色，而且是明亮的粉紅色，窗戶是色彩繽紛的百葉窗，但是顏色完全不搭配。

我想，這是明蒂討厭這個地方的另一個理由。

這棟老房子狀況不佳，前廊的木地板已經下陷，走廊上還有一個洞，麥考先生去年夏天還曾經跌落過。

當我們列隊經過前院的旗杆時，我瞧見安德森太太在車道上，她是美麗草地的所有人，也住在這裡的二樓和三樓。

安德森太太跪在一群粉紅色塑膠紅鶴旁，正撕下它們的塑膠包膜，並歪歪扭扭地排列在她的草坪上。

安德森太太讓我想到紅鶴，她骨瘦如柴，成天穿著粉紅色衣服，甚至頭髮也帶有一點粉紅色，就像棉花糖一樣。

安德森太太專賣草地裝飾品，例如石膏松鼠、親吻天使、有電線鬍鬚的粉紅色兔子、戴著小黑帽的綠色長蟲、一整群白鵝等等，她有上百個裝飾品，分別散布在庭院、前台階至門廊、大門口到店內一樓整層。

安德森太太小心翼翼地拆開另一個紅鶴的包裝，把它擺在一隻鹿的旁邊，她檢視擺放的位置，然後將鹿往左移動一英寸。

「哈囉，萊拉！」我爸爸高聲喊道。

安德森太太沒有回應，她的耳朵有點重聽。

「哈囉，萊拉！」爸爸用雙手圈在嘴巴前，像擴音器一般重複說道。

安德森太太從那群紅鶴中抬起頭，對著我爸爸高興地微笑，「傑佛瑞！」她

這句英文怎麼說

她的耳朵有點重聽。
She's a little hard of hearing.

大聲叫道，「見到你眞好。」

安德森太太對爸爸總是很和善，媽媽說爸爸是她最棒的顧客。

或許是她唯一的顧客！

「我也很高興見到妳。」爸爸回應道，渴望地搓著雙手，目光巡視著草坪。

安德森太太將最後一隻紅鶴插入地面，一邊朝我們走來，一邊在她粉紅色T恤上擦了擦手。

「你今天想要什麼特別的物件嗎？」她詢問我父親。

「我們的鹿有點寂寞，」爲了讓她聽得見，他大聲解釋道，「我想它需要一個同伴。」

「說眞的，爸爸，我們不需要更多裝飾品，」明蒂乞求道，「媽媽會生氣的。」

安德森太太微笑說：「噢，美麗草地的草坪永遠有空間再接納一個，對吧，傑佛瑞！」

「是的！」爸爸朗聲道。

明蒂緊抿著嘴唇，做出今天第一百次翻白眼。

爸爸快步走到一群站在庭院角落，睜大眼睛的石膏鹿，我們跟著他過去。

其中一隻鹿站起來大約有四英尺高，白色斑紋點綴著紅褐色的身體。

非常逼眞，也非常無趣。

他花了幾秒鐘檢視那隻鹿。剎那間，有其他東西勾走他的目光。

兩隻矮胖的矮人佇立於草坪中央。

「哎呀，看我們在這裡找到了什麼？」爸爸微笑著喃喃自語道。我看見他的眼眸散發出耀眼的光芒，他彎腰低頭檢查著小矮人。

安德森太太拍了拍她的雙手，「傑佛瑞，你眞是慧眼獨具！」她喊道，「我就知道你會喜歡那些矮人！它們產自歐洲，手工非常精緻。」

我瞪著那兩隻矮人，它們看起來像小老頭，大約有三英尺高，而且非常胖，有著冷酷的紅眼睛和碩大的尖耳朵。

它們咧著大嘴笑，看很來很蠢，頭上長出粗糙的棕色頭髮。

每一隻矮人都穿著亮綠色的短袖襯衫、棕色的緊身褲，頭戴橘色尖頂高帽，黑色皮帶緊緊地繫在肥胖的腰間。

這句英文怎麼說

萬聖節可以把它們裝扮成鬼。
We'll dress them as ghosts for Halloween.

「它們棒極了！」爸爸誇張地表示，「孩子們，它們是不是令人讚嘆呢？」

「還可以啦，爸爸。」我說道。

「可以？」明蒂驚叫道，「它們很嚇人！很噁心！看起來很……很邪惡，我討厭它們！」

「嘿，妳說得對，明蒂，」我說道，「它們滿噁心的，就像妳一樣！」

「喬，你是史上最大——」明蒂正要開口反擊，卻被爸爸打斷。

「我們要買這兩隻！」他大聲喊道。

「不要——爸爸！」明蒂哀號，「它們看起來很可怕！再買一隻鹿或者紅鶴，不要買這些醜陋的老矮人，你看它們糟糕的配色和邪惡的咧嘴笑，真是讓人起雞皮疙瘩！」

「明蒂，別傻了，它們很完美！」爸爸說道，「我們會從它們身上得到很多樂趣，萬聖節可以把它們裝扮成鬼，聖誕節換上聖誕裝，就會像聖誕老人的精靈們。」

爸爸抽出他的信用卡，與安德森太太一起走進粉色房子完成買賣。「我很快回來。」

「那些是目前爲止最醜的，」明蒂轉向我不滿地埋怨道，「它們讓我覺得丟臉，我再也不能帶任何朋友來家裡了。」

她怒氣沖沖地走向人行道。

我目不轉睛地看著小矮人，它們眞的有點醜，雖然帶著微笑，笑容中卻藏有敵意的感覺，玻璃般的紅色眼睛也令人感到冷漠。

「哇——！明蒂！快看！」我大叫，「其中一隻矮人剛才移動了！」

明蒂緩慢地轉頭看我。

我的手腕被一隻胖手緊抓著，我來回扭動掙扎，試圖掙脫束縛。

「放開我的手！」我尖聲叫道，「放我走！明蒂——快點過來！」

「我、我來了！」她大聲叫道。

這句英文怎麼說

你真的相信那隻矮人抓著我？
Did you really believe that gnome grabbed me?

7.

明蒂跑過院子。

她跳過紅鶴群，快速跑過那隻鹿。

「快點！」我哀號道，朝她伸出我的左手，「它弄痛我了！」

當明蒂靠近時，我看見她臉上充滿驚恐，便無法再演下去，直接爆出笑聲。

「騙到妳了！騙到妳了！」我尖聲叫道，一邊跳著舞離開石膏矮人。

明蒂揮舞拳頭想打我，但都揮拳落空。

「妳眞的相信那隻矮人抓著我？」我大聲說道，「妳瘋了嗎？」

她還來不及回答，爸爸已經小快步走下粉色的門廊階梯。「可以帶我們的小傢伙回家了。」他咧嘴笑著說。

他突然停下，開心地看著醜陋的矮人們說：「不過首先要替它們取名字。」

爸爸會替所有的裝飾品命名。

明蒂大大地哀叫了一聲，爸爸完全忽視她。

他輕拍其中一隻矮人的頭說：「這隻命名爲哈普，因爲它看起來好快樂！（註2）我拿著它，你們兩個負責……」

他打住，瞇眼看著另一隻矮人，它的前排牙齒有一小塊薯片，他接著說：「奇普（註3），好，我們叫這隻奇普。」

他抬起哈普，用手臂抱著，「哇啊，兩隻手抱著剛剛好！」他朝車道走去，矮人的重量讓他步履蹣跚。

明蒂檢視著奇普，對我說：「你負責雙腳，我抓著上面。」她命令道，「來吧，一、二、三……抬起來！」

我彎腰抓著矮人的雙腳，沉重的紅色靴子刮到我的手臂，讓我叫出聲來。

「別抱怨了，」明蒂命令道，「至少你沒有愚蠢的尖帽一直往臉上戳來戳去。」

我們奮力地走下坡道，跟在爸爸身後。

這句英文怎麼說

別抱怨了。
Quit complaining.

明蒂和我並肩奮鬥，小步往前走。「這附近的每個人都目瞪口呆地瞧著我們。」明蒂發著牢騷。

他們確實在看著……有兩位和明蒂同校的女生，騎單車爬上坡道後，停下來盯著我們看，然後開懷大笑。

明蒂蒼白的臉變得跟爸爸的番茄一樣紅。「我以後絕不會這樣生活，」她嘟囔道，「來吧，喬，走快一點。」

我抖動奇普的雙腳，試圖讓明蒂失去掌控，她厲聲罵道：「別這樣，喬，將你那邊舉高。」

當我們接近住處時，麥考先生瞧見我們費力地走進街區，便停下修剪灌木的動作，觀賞我們的小遊行。

「更多草地裝飾品，傑佛瑞？」他朝爸爸高喊道，我可以聽到他的竊笑聲。

麥考先生對明蒂和我很刻薄，但是與爸爸相處得很好，他們經常對彼此的花園開玩笑。

麥考太太從前門探出頭來。「真逗趣！」她頭上戴著白色棒球帽，對我們笑著高聲喊道，「進來，比爾，你兄弟在電話上。」

麥考先生放下他的修枝剪，走進屋內。

我們費力地拖著奇普，經過麥考家的車道，跟著爸爸進入我們的前院。

「搬來這裡！」爸爸指示我們，同時把哈普放在庭院的遙遠角落，就在叫萊拉的鹿旁邊，萊拉是那隻鹿的名字，爸爸依美麗草地的萊拉來命名。

我們用盡最後一絲力氣，拉著奇普去爸爸那裡，這些矮人都很重，比起其他任何裝飾品沉重許多。

明蒂和我隨便將矮人放在草地上，然後癱倒在旁邊的土堆上。

爸爸愉快地吹著口哨，將奇普和哈普安置在鹿的兩側。

他退後一步欣賞著它們，「多麼開心的小傢伙們！」他說，「我要讓你們媽媽看看，她絕對抵抗不了它們的魅力！它們實在可愛得無法令人討厭！」

他加快腳步穿越草坪，走進房子裡面。

「喲——！」我聽到隔壁傳來熟悉的叫聲，穆斯慢跑穿過他家車道，說：「我聽說你們帶回醜陋的草地新玩意。」

這句英文怎麼說

看我這一招！
Take that!

他衝向前盯著矮人看，大吼了一聲，「醜斃了。」

穆斯彎下腰，對著哈普吐出舌頭，「你想打架嗎，小矮人？」他問了小塑像，「接招！」接著假裝一拳打在哈普肥胖的胸部。

「摧毀矮子！」我大聲叫道。

穆斯將哈普抓到他腰間，給它十幾個快速拳。

我匆匆忙忙地站起身，「我要抹掉你臉上那醜惡的傻笑！」我對奇普大叫，雙手緊握住它的脖子，假裝要令它窒息。

「看我這一招！」穆斯伸出一條粗腿，用空手道踢正中哈普的尖帽，矮胖的身軀隨即搖搖晃晃。

「小心！別搗亂了！」明蒂警告，「會弄壞它們的。」

「好吧，」我說：「那搔它們癢！」

「搔癢！搔癢！」穆斯一邊對哈普的腋窩搔癢，一邊吱吱地發出聲音。

「你最會搗亂了，穆斯，」明蒂喊道，「一個眞正的——」

穆斯和我等著明蒂講完侮辱我們的話，突然間，她指向麥考家的菜園尖叫道：「噢，不！巴斯特！」

穆斯和我轉身，看見巴斯特在麥考先生的菜園中央，用爪子亂扒綠色的莖桿。

「巴斯特！不——！」我尖叫道。

我握住狗哨子，舉到嘴巴邊，但在吹出哨音之前，麥考先生已經衝出他家的前門！

「那隻愚蠢的笨狗又來了！」他大力揮著手喊道，「滾出這裡！去！」

巴斯特嗚咽地轉身，低著頭，雙腳夾著粗尾巴，小步緩慢地走回我們的庭院。

不妙，我解讀麥考先生的生氣表情，心想：我們正陷入麻煩之中。

在麥考先生開始教訓我們之前，爸爸及時推開前門說：「孩子們，媽媽說晚餐準備好了。」

「傑佛瑞，是你故意派那隻笨狗來破壞我的甜瓜嗎？」麥考先生大喊道。

爸爸咧嘴笑著，「巴斯特是不得已的，」他回答，「牠一直把你的甜瓜誤認爲高爾夫球！」

這句英文怎麼說

巴斯特正忙碌地舔著它的臉。
Buster busily licked his face.

「那些番茄是你種的？」穆斯的爸爸反擊道，「該不會是橄欖？」

「你沒看到我昨天運進家裡的那顆番茄？」爸爸回應道，「我必須用手推車搬！」

巴斯特在庭院快樂地繞來繞去，我想牠大概知道自己逃過一劫。

我們準備走向房子時，我突然停下腳步，因爲我聽見一個沉重的聲響。

我轉身，發現哈普臉朝下倒在草地上。

巴斯特正忙碌地舔著它的臉。

「壞狗，」爸爸責罵道，我不覺得爸爸比麥考先生更喜歡巴斯特，「你把那個矮人推倒了？快滾出那裡！」

「巴斯特——過來這裡，乖狗狗！」我高喊道，牠不理我，反而更瘋狂地舔著那張臉。

我把狗哨子放在嘴唇，快速地吹一聲短哨音，巴斯特抬起頭，警覺地注意聲響，忘了石膏矮人，小快步跑向我。

「喬，你可以扶起哈普嗎？」爸爸憤怒地命令道。

明蒂擋著巴斯特，我抓住矮人的肩膀，慢慢地扶它站起來，再檢查是否有損傷。

雙腳、雙手、脖子，每個地方似乎都完好。

我抬起視線看著哈普的臉。

然後驚訝地往後跳一大步。

我眨了好幾次眼，再次瞪著矮人看。

「我——我不相信！」我喃喃自語道。

註2：原文是Hap。

註3：原文是Chip，也有薯片之意。

這句英文怎麼說

她可能認為我在開另一個玩笑。
She probably thought I was playing another joke.

8.

矮人的笑容已消失不見。

它正張大嘴巴，彷彿試圖尖叫的樣子。

「嘿！」我的聲音哽住。

「怎麼回事？」爸爸高聲喊道，「它破損了嗎？」

「它的笑容，」我大聲叫道，「笑容不見了！它現在看起來很驚慌！」

爸爸跳下階梯並跑了過來，穆斯和麥考先生也跟著過來。

明蒂一臉狐疑，緩緩地走向我。她可能認爲我在開另一個玩笑。

「看到了嗎？」當大家聚集在我身旁，我大聲叫道，「眞是令人難以置信！」

「哈——哈——這個玩笑不錯，喬！」穆斯捶打我的肩膀，爆出笑聲說：「相

當有趣！」

「呃？」我低下視線看著那個小小身影。

哈普的嘴唇勾勒出相同的咧嘴笑，驚悚的表情已經消失無蹤。

爸爸笑出聲說：「演技眞好，喬，你的確唬弄了我們所有人。」

「或許你兒子將來可以當一名演員。」麥考先生搔著頭說。

「他沒有騙到我，」明蒂誇口道，「那玩笑破綻百出，實在沒有說服力。」

到底是怎麼一回事？難道它張大嘴巴是我自己想像的？

麥考先生轉頭看著巴斯特，說：「聽著，傑佛瑞，我很認眞的說，關於你們的狗，如果牠再一次來我的菜園……」

「假如巴斯特再去那裡，我保證我們會將牠綁起來。」爸爸回答。

「噢，爸爸，」我說：「你知道巴斯特討厭被綁住，牠討厭那樣！」

「抱歉，孩子們。」爸爸一邊轉身走進家裡，一邊堅定地說：「就這麼決定，巴斯特還有一次機會。」

我彎下腰輕拍巴斯特的頭，在牠耳邊低語道：「只有一次機會，狗狗，有聽到嗎？你只剩下一次機會。」

隔天早上我醒來，瞇起眼看著床頭櫃的時鐘收音機，八點鐘，星期二，暑假的第二天，太棒了！

我穿上紫白相間的維京人球衣和運動短褲，跑下樓梯準備去割草。爸爸和我有一個約定，今年整個夏天，如果我每週割草一次，他就會買一輛新的自行車送我。

我清楚知道自己想要的車款——二十一段變速和厚底輪胎，史上最酷的登山車，能讓我飛越巨石！

我走出前門，仰起頭面向溫暖的朝陽，感覺還真不錯。仍覆蓋著露珠的小草，正微微發著光。

「喬！」我聽到有人低聲吼叫。

麥考先生吼叫道：「過來這裡！」

麥考先生俯身在他的菜地上，額頭上凸出憤怒的血管。

這句英文怎麼說？

驚悚的表情已經消失無蹤。

The terrified expression had disappeared.

噢，不！我一邊朝他走去，一邊在心裡想著，現在又怎麼了？

「我逮到牠了，」他咆哮道，「如果你不把那隻狗綁起來，我就要打電話報警，我說到做到！」

麥考先生指著地上，一顆他種的卡薩巴甜瓜，此時支離破碎地躺在土中，甜瓜的種子散落四處，大多數的橘色果肉都被吃掉了。

我張開嘴，但發不出任何聲音，因爲不知道該說些什麼。幸運的是，爸爸及時出現，他正準備去工作。

「比爾，我兒子在提供你一些園藝建議嗎？」爸爸問道。

「我今天不想聽你開玩笑！」麥考先生舀起破碎的瓜塊，送到爸爸面前厲聲說：「看看你家瘋狗做了什麼好事！我現在只剩下四顆甜瓜！」

爸爸轉頭看著我，神情肅然地說：「我警告過你，喬！我告訴你將那隻狗看管在我們院子裡。」

「但是巴斯特不會做這種事，」我抗議道，「牠根本不喜歡甜瓜！」

巴斯特躲在紅鶴後面，狗耳朵垂下平貼頭部，看起來很內疚的樣子。

這句英文怎麼說

甜瓜的種子散落四處。
Melon seeds were scattered everywhere.

「那還有誰會做這件事？」麥考先生質問道。

爸爸搖著頭說：「喬，我要你將巴斯特綁在後院，現在就去！」

看這個情況，我知道自己別無選擇，也沒辦法爭辯了。

「是的，爸爸。」我咕噥道，腳步蹣跚地穿過草坪，抓著巴斯特的項圈，將牠拉往後院的角落，讓牠坐在紅雪松狗屋旁邊，「待在這裡！」我命令道。

我翻遍了車庫，直到找出一條長繩，將巴斯特綁在狗屋旁邊的高大橡樹上。

巴斯特發出嗚咽的聲音，因爲牠眞的討厭被綁住。

「我很抱歉，狗狗，」我小聲說道，「我知道你沒有吃那些甜瓜。」

當爸爸走來確認我把狗綁住，巴斯特豎起耳朵，「今天剛好需要綁住巴斯特，」他說：「油漆工下午會過來替房子施工，巴斯特只會妨礙到他們。」

「油漆工？」我吃驚地問，居然沒人告訴我油漆工要來，我討厭油漆顏料的味道！

爸爸點點頭，「他們要重新粉刷已褪色的黃色牆壁，」他指著房子說：「我們的房子要漆成白色加上黑色飾邊。」

「爸爸，關於巴斯特——」我張口道。

爸爸舉起一隻手示意我安靜，「我必須去上班了，將牠綁好，我們晚一點再討論。」我望著他走向車庫。

我心想：全部都是麥考先生的錯，所有事情！爸爸開車離開後，我怒氣沖沖地走進車庫，拿出割草機，從房子周遭開始除草，接著一路推往前院。明蒂坐在前台階看書。我推著割草機往前猛衝。

「我討厭麥考先生！」我喊道，把割草機推擠到紅鶴旁，盤算著切掉牠細長的雙腳。「他真是一個混蛋，我想搗碎其他四顆愚蠢的甜瓜！」我大聲叫喊著，「我很樂意將它們全部破壞，麥考先生便不會再來打擾我們！」

「喬，控制一下你的情緒。」明蒂從書中抬頭瞧我一眼說。

完成割草後，我跑進房子，拿了一個大塑膠袋，打算盛裝剪下的草屑。當我再次出來，看見穆斯慵懶地張開四肢躺在我們的草地上，身旁散落著數個亮色系的塑膠環。

「快想想我要幹嘛！」他大聲叫道，對著我拋出一個藍色塑膠環，我丟下袋

這句英文怎麼說

接得好！
Nice catch!

子，躍起身接住它。

「接得好！」他匆忙地爬起來說：「比賽套環如何？我們可以利用矮人的尖帽。」

「改用明蒂的尖頭如何？」我回應道。

「你很不成熟。」明蒂反駁道，站起來走向大門，「我要找個安靜的地方看書。」

穆斯遞給我幾個塑膠環後，朝哈普扔出一個紫色的環，乾淨俐落地套進矮人的帽子。

「漂亮的一擲！」他喊道。

我拿起塑膠環，像鐵餅選手一樣旋轉，然後向奇普投擲出兩個黃色的環，卻擊中小矮人的胖臉頰，接著掉落至草地。

穆斯暗自發笑說：「你投得像明蒂一樣，看我的！」他傾身向前，投出兩個環，準確地套進奇普的尖帽。

「好耶——！」穆斯大聲叫道，繃緊他鼓起的肌肉，「超級穆斯再次崛起！」

我們投完剩餘的塑膠環，穆斯擊敗了我，差距只有兩分——十比八。

「重新比賽！」我大聲喊道，「我們再玩一遍！」

我飛奔向矮人們，收集所有的套環。當我自奇普帽子上拿出一整串塑膠環，我瞪著它的臉。

我震驚地倒抽一口氣。

剛剛那是什麼？

一顆籽。

一顆大約半英寸長的橘色種子。

沾黏在矮人的肥厚嘴唇之間。

這句英文怎麼說

一顆大約半英寸長的橘色種子。

An orange seed about half an inch long.

9.

「那是甜瓜種子嗎？」我聲音顫抖地問道。

「一個什麼？」穆斯邁著沉重的步伐走到我身後。

「一顆甜瓜種子。」我重複道。

穆斯搖搖頭，大掌拍在我的肩膀，「你自己憑空想像的，」他宣布道，「來吧，繼續來玩！」

我指著奇普的嘴巴，「不是我想像的，那裡！就在那個地方！你沒看見它嗎？」

穆斯順著我的指尖凝視著說：「是，我看見一顆種子，那又如何？」

「那是卡薩巴甜瓜的種子，穆斯，像那些散落在地上的種子。」

卡薩巴種子怎麼可能自己跑到奇普的嘴巴上？

這情形必須有一個解釋，一個簡單的解釋。

我絞盡腦汁地思考，卻想不到任何一個。

我撥一撥矮人嘴唇上的種子，看著它掉落到草地上。

接著我瞪視矮人的咧嘴笑臉，還有冷漠又扁平的眼睛。

矮人也回瞪著我，讓我在炎熱的天氣下不寒而慄。

那顆種子怎麼會在那裡？我納悶地想著。

是如何辦到的？

當天晚上我作了一個關於甜瓜的夢，夢到一顆卡薩巴甜瓜在我們前院不斷地長大、再長大，甚至比我們房子還要巨大。

某種聲響令我從甜瓜的夢中驚醒過來，我伸手摸索著鬧鐘，此時是凌晨一點鐘。

接著我聽到一陣長嚎聲，低沉又悲傷，從房子外面傳來。

這句英文怎麼說

那顆種子怎麼會在那裡？
How did that seed get there?

我跳下床，匆忙跑去窗戶邊，仔細看著昏暗不明的前院，所有裝飾物皆靜靜地站著。

我再度聽見嚎叫聲，更洪亮，更綿長。

是巴斯特，我可憐的狗，仍被綁在後院。

我躡手躡腳地走出房間，朝著黑暗的大廳邁進。整棟房子寂靜無聲。我開始往下走在鋪著地毯的樓梯。

腳下突然發出嘎吱聲，我驚嚇地跳開。

瞬間聽到另一個嘎吱聲。

我的雙腳忍不住發抖。

冷靜點，喬，我告訴自己，那只是樓梯的聲音。

我踮著腳尖，走過陰暗的客廳，進入廚房。

我聽見低沉的沙沙聲在我後方，我的心臟開始狂跳。

我轉身過去。

沒有看見任何東西。

剛剛是你的幻聽，我告訴自己。

我在黑暗中跌跌撞撞地往前走，手握到了門把。

突然間，有一雙強大的手臂從後方抓住我。

10.

這句英文怎麼說

你最好不要！
You better not!

「你打算去哪裡？」

是明蒂！

我放鬆地吐了口氣，從她的掌握中猛力脫身。

「我要去吃宵夜，」我揉著脖子小聲說道，「我要吃掉麥考先生剩下的愚蠢甜瓜。」

我擺出食物塞滿嘴巴並咀嚼的樣子，「好好吃啊！卡薩巴，我需要更多卡薩巴！」

「喬！你最好不要！」明蒂小聲警告道。

「嘿，我開玩笑的，」我說，「巴斯特發瘋地哀號，我打算出去安撫牠。」

明蒂邊打哈欠邊說：「如果媽媽和爸爸逮到你在半夜偷溜出去……」

「只會花幾分鐘時間。」我踏出門口，潮濕的夜晚空氣給我的背部帶來一股寒氣，我抬頭凝視沒有星星的夜空。

巴斯特可憐的嚎叫聲從後院傳來。

「我來了，」我稍微提高音量喊叫道，「沒事的，狗狗。」

巴斯特的嚎叫聲降低成細微的嗚咽聲。

當我往前踏出一步，某種東西在草叢中沙沙作響地移動，令我凍結在原地。

我瞇眼看著黑暗深處，有兩個小小身影在房子旁邊蹦蹦跳跳，快速地跑過庭院，最後消失在夜晚中。

或許是浣熊。

浣熊？

這就是答案！一定是浣熊吃掉麥考先生的甜瓜，我想叫醒爸爸後告訴他，但決定等到早上再說。

我覺得心情好多了，因爲這樣表示巴斯特可以重獲自由。

這句英文怎麼說

一定是浣熊吃掉麥考先生的甜瓜。
The raccoons must have eaten Mr. McCall's melon.

我走向巴斯特，坐在牠旁邊佈滿露珠的草地上。

「巴斯特，」我小聲說：「我在這裡。」

牠的棕色大眼哀傷地低垂著，我用雙手環抱著牠毛茸茸的脖子。「你不會被綁太久，巴斯特，」我承諾道，「你等著瞧，明早第一件事情，我會告訴爸爸有關浣熊的事情。」

巴斯特感激地舔著我的手。「明天我會陪你散步到滿意為止，」我低語道，「這樣可以嗎，狗狗？現在乖乖睡覺吧。」

我快速溜進房子，並且跳上床鋪，心情愉悅地想著：我已經解決了甜瓜的謎題，麥考先生不會再找我們麻煩了。

但是我想錯了。

我們的麻煩正要開始。

「我不相信！我不相信！」麥考先生的喊叫聲劃過寧靜的早晨，把我從沉睡中喚醒。

我揉揉眼睛，瞄一眼時鐘收音機，現在是六點三十分。

到底是爲了什麼在胡亂喊叫？

我躍下床，一邊快步下樓，一邊打哈欠、伸展身體。媽媽、爸爸和明蒂仍穿著睡衣和長袍站在前門。

「發生什麼事？」我詢問道。

「是比爾！」爸爸大聲叫道，「走吧！」

我們魚貫走到外面，盯著我們鄰居的菜園看。

麥考先生身上穿著破爛的藍白格紋長袍，在他的菜園晃來晃去，瘋狂地抓著他的卡薩巴甜瓜尖叫。

穆斯和他母親穿著長袍站在麥考先生後面，瞪大眼睛靜靜看著。不同於她平時友善的笑容，穆斯媽媽這時緊皺著眉頭。

麥考先生從菜園中抬起頭，「毀了！」他咆哮道，「它們全被毀了！」

「噢，糟了。」爸爸咕噥道，「我們最好過去那裡，瑪麗安。」他穿過我們家前面的草地，媽媽、明蒂和我緊跟在後方。

這句英文怎麼說

它們全被毀了！
They're totally ruined!

「放輕鬆，比爾，」爸爸踏進麥考家的前院時，他冷靜地說：「沒什麼事情值得這麼沮喪。」

「輕鬆？要我放輕鬆？」麥考先生尖聲叫道，前額的靜脈凸出。

是那些浣熊，我思索著，牠們再次攻擊卡薩巴。我必須告訴爸爸，就是現在，在巴斯特因此受到指責之前。

麥考先生將四顆卡薩巴甜瓜捧在手中，它們依然與植物藤相連著。

「我走出來打算替卡薩巴澆水，卻發現這個……這個……」他傷心至極，以致於無法將話說完，只能將手中的甜瓜拿出來給我們看。

「哇啊——！」我震驚地大叫。

沒有任何一隻浣熊可以做這種事。

不可能！

有人用黑色麥克筆在每一顆甜瓜上畫了潦草的大笑臉！

我姊姊把我推到一旁，以便看得更清楚。

「喬！」她尖聲叫道，「這太可惡了，你怎麼可以這樣做！」

11.

「妳說什麼？」麥考先生質問道。

「是啊，明蒂，妳到底在說什麼？」媽媽詢問道。

「昨晚我抓到喬偷偷摸摸地出去，」明蒂回答，「在午夜的時候，他告訴我想去破壞其他甜瓜。」

現場每個人轉頭用震驚的眼神瞪著我，即使是我最好的朋友穆斯也不例外。麥考先生的臉再次轉變爲番茄般的紅色，我看見他不停地握緊拳頭。

「但是……但是……但是……」我結結巴巴地試圖說明。

在我想出怎麼解釋之前，爸爸暴怒道：「喬，我認爲你欠我們一個解釋，你半夜在外面到底做了什麼？」

這句英文怎麼說

昨晚我抓到喬偷偷摸摸地出去。
I caught Joe sneaking outside last night.

我感覺自己的臉因爲生氣而發熱漲紅，「我出去安撫巴斯特，」我堅決地說：「因爲牠在哀號。我根本沒有碰那些甜瓜，我絕對不會做那種事情，當我告訴明蒂想去破壞它們，我只是在開玩笑啊！」

「嗯，看起來並不是玩笑而已！」爸爸生氣地喊道，「你這個禮拜被禁足了！」

「可是爸爸——」我哀求道，「我沒有在那些甜瓜上面亂畫！」

「延長爲兩個禮拜！」他厲聲說：「另外，我認爲你應該幫麥考先生的菜園澆水和割草一個月，作爲你的道歉。」

「哇啊，傑佛瑞，」麥考先生打斷道，「我不希望你兒子，或者你的狗，再進入我的菜園，永遠都別。」

他用粗大的手指搓著卡薩巴甜瓜，試圖擦掉醜陋的黑色痕跡，「我希望這個能清除掉，」他咕噥道，「因爲如果擦不掉，傑佛瑞，我會提出告訴，相信我，我一定會做到！」

經歷甜瓜災難的兩個小時後，我攤開四肢躺在房間的地板上。現正禁足中，沒有事情可做。

我不能在院子跟巴斯特玩耍，因爲油漆工人在外面工作。

所以我待在自己的房間，將所有《超級伽瑪人》的漫畫重新看一遍。

還從「逗趣者的狂野世界」目錄中，花五美元訂購了一團橡膠嘔吐物，幾乎用掉整個禮拜的零用錢。除此之外，我偷溜進明蒂的房間，弄亂她衣櫥裡的所有衣服，從此沒有彩虹順序的顏色。

當我做完這些事情，甚至還不到中午時間。

眞是無聊至極的一天，我在樓下遊蕩時心想。

「請遞給我黃色。」明蒂的聲音從書房裡面響起。

我躡手躡腳地走到門口，往裡面偷看。明蒂和她最好的朋友海蒂盤腿坐在地上，正在用繪布顏料裝飾著她們的T恤。

海蒂幾乎和明蒂一樣討人厭，總是有某些事物困擾著她，例如：她會覺得太冷或太熱；或者感到肚子痛；或者認爲她的鞋帶太緊。

我安靜地看著兩個女生忙東忙西。海蒂在一隻紫色大貓身上畫了一個銀色領

這句英文怎麼說

真是無聊至極的一天。
What a totally boring day.

子。

明蒂專注地弓著背，慢慢勾勒出一朵大黃花。

我跳進書房，尖聲叫道：「Boo——！」

「呀啊——！」海蒂尖聲叫著。

明蒂跳了起來，一個黃色大污漬弄髒了她的紅色短褲。「你這個笨蛋！」她大聲喊道，「看你害我做了什麼！」

她試圖用指甲刮掉顏料，「滾開，喬，」她命令道，「我們在忙。」

「嗯，我一點也不忙，」我回應，「多虧妳這個告密者。」

「在那些甜瓜上面畫臉是你的好主意，」她咆哮道，「不是我想到的。」

「那不是我做的！」我堅稱道。

她用手指一個個計算著證據說：「第一，你半夜爬起來；第二，你跑到院子去；第三，你告訴我你想要毀壞剩餘的甜瓜。」

「我昨晚是開玩笑的！」我喊道，「難道妳不曉得什麼是笑話？哪天妳應該試著講一個。」

海蒂伸展著她的手臂說：「我覺得很熱，不如我們先去游泳池？晚一點來完成我們的T恤。」

明蒂的視線鎖定在我身上，「喬，你想要跟我們一起去嗎？」她刻意用甜美的聲音詢問，「唉喲，我忘記了，你被禁足了。」接著她開懷大笑。

我轉身離開，將兩個女生留在書房。我必須離開這間房子，我思索著。

我朝著廚房走去，媽媽和一個油漆工人一起擠在料理臺，檢查著油漆色板。

「我們的邊框想要用瑪瑙黑，不是瀝青黑，」她輕拍色板指示著，「我想你的顏料帶錯了。」

我拉著她的衣袖說：「媽媽，巴斯特眞的會感到無聊，我可以帶牠去散步嗎？」

「當然不行，」她迅速回答，「因爲你被禁足了。」

「拜託啦，」我乞求道，「巴斯特需要走一走，再加上油漆味道讓我覺得不舒服。」我抱著胃部發出嘔吐聲。

油漆工人不耐煩地挪動著腳步。「好，好，」媽媽說：「你去遛狗吧。」

我們走了兩英里。
We walked about two miles.

「太棒了！謝謝媽媽！」我大聲叫道。我穿過廚房，走進後院，呼喊道：「好消息，巴斯特，我們自由了！」

巴斯特搖著短胖的尾巴。我解開長繩子，在牠的項圈扣上一條遛狗的繩子。

我們走了兩英里，一路朝著酪奶池塘走去，那是我們最愛的追木棍遊戲地點。

我把一支粗木棍丟進水中，巴斯特跳入寒冷的池塘咬出那支木棍，我們不斷重複這個遊戲直到下午三點鐘，返家的時間到了。

在回家途中，我們停留在一家叫奶油色母牛的店，他們販售鎮上最棒的冰淇淋。

我用最後一點零用錢給我們各買了一個雙層巧克力脆片加餅乾生麵團的甜筒；巴斯特喜歡餅乾生麵團，但是將所有巧克力脆片丟棄在地上。

吃完我們的冰淇淋後，我們繼續走回家。當我們漫步到車道，巴斯特興奮地拉扯著狗繩子，看起來相當高興回到了家。

牠拖著我到前院，嗅著每樣東西，包含常綠灌木、紅鶴、鹿和矮人。

小矮人。

小矮人感覺哪裡不一樣？

我丟下巴斯特的狗繩子，彎腰靠近檢視。

我檢視它們肥胖的小手，它們手上的黑色污跡是什麼？泥土嗎？

我擦了擦它們肥短的手指，那些污漬依然存在。

不，不是泥土。

我傾身更靠近看。

是油漆顏料，黑色的油漆顏料。

這句英文怎麼說

她會幫我想清楚這是怎麼一回事。
She'll help me figure this out.

12.

黑色的油漆顏料，和麥考先生卡薩巴上的笑臉是相同的顏色！

我艱難地嚥著口水，好奇地想著：這裡發生什麼事？小矮人的雙手怎麼可能沾到油漆？

我必須給別人看，我在心中決定。

媽媽！她在屋內，她會幫我想清楚這是怎麼一回事。

當我抵達前門時，我聽見麥考家的庭院傳來摩擦碎屑的聲音。

「巴斯特！不——！」我驚叫道。

巴斯特在麥考先生的菜田中繞圈，狗繩在牠後方被拖拉著。

我迅速伸進T恤裡面，用力拉出狗哨子，使勁地吹著它。

巴斯特緩步回到我身邊。

「乖孩子！」我鬆了一口氣，在牠面前搖了搖手指，嘗試擺出嚴厲的表情說：「巴斯特，如果你不想被綁住，你必須遠離那個菜園！」

巴斯特用牠又長又黏的舌頭舔著我的手指，接著轉過頭去舔著小矮人。

我看見巴斯特在它們身上塗滿了口水。

「噢，不！」我大聲叫道，「別再這樣做！」

奇普和哈普目瞪口呆地張開嘴巴，做出我之前瞧見過的驚悚表情，彷彿它們正在試圖尖叫。

我猛然閉上雙眼，再慢慢張開其中一隻眼睛。

驚悚的表情依然存在。

這裡發生什麼事？小矮人害怕巴斯特嗎？難道我發瘋了？

我雙手不停顫抖，快速將巴斯特綁在樹上，接著我跑進房子找媽媽。

「媽媽！媽媽！」我上氣不接下氣地喘著，發覺她在樓上辦公室工作。「妳現在一定要來外面！」

這句英文怎麼說

為什麼你要把我從工作中拉出來？
Why did you get me away from my work?

媽媽從電腦前轉過身來，質問道：「怎麼了？」

「是關於矮人的事！」我大聲喊道，「它們手上有黑色油漆顏料，臉上不再傻笑，跟我出來看妳就知道了！」

媽媽慢慢地滑動椅子離開電腦，「喬，如果這是另一個玩笑……」

「拜託，媽媽，只需要花一點時間，這不是玩笑，眞的！」

媽媽帶頭走下樓，從前門往外凝視著小矮人。

「看見了嗎？」我站在她身後大聲叫道，「就像我說的！妳仔細看它們的臉，看起來很像在尖叫！」

媽媽瞇起眼睛說：「喬，饒了我吧，爲什麼你要把我從工作中拉出來？它們還是一副愚蠢的笑容。」

「什麼？」我倒抽一口氣，往外跑出去，瞪視著矮人。

它們回瞪著我，裂開嘴笑著。

「喬，我眞希望你別再拿愚蠢的矮人開玩笑，」媽媽嚴厲地說：「這並不好笑，一點也不好笑。」

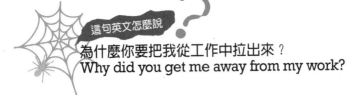

「可是妳看它們手上的油漆顏料！」

「那只是泥土，」她不耐煩地說：「拜託去看一本書，或者清理你的房間，找其他什麼事情去做，你快把我逼瘋了！」

我在草地坐下，獨自一人努力思考著。

我想著其中一隻矮人嘴唇上的卡薩巴種子，想起第一次看見它們的嘴巴恐怖地扭曲著，那時是巴斯特第一次舔它們。

現在它們的手指上沾著油漆顏料。

所有線索全部串連在一起。

我判定小矮人是活生生的。

而且它們在麥考家的菜園爲非作歹。

那些小矮人？爲非作歹？我一定是失去理智了！

剎那間，我感到不太舒服，這一切都沒道理啊！

我站起來，準備走進屋內。

突然聽見小聲說話的聲音。

這句英文怎麼說

它們在麥考家的菜園為非作歹。
They're doing horrible things in the McCalls' garden.

粗聲粗氣地低語聲，就在我的腳邊。

「不好笑，喬。」哈普小聲說道。

「一點也不好笑。」奇普用刺耳的聲音說。

13.

我該告訴媽媽和爸爸我剛才聽到什麼嗎？當晚用餐時，我在心中自問。

「大家今天過得如何？」爸爸愉快地問道，舀起一些豌豆到他的餐盤上。

他們絕不會相信我的。

「海蒂和我騎單車去池塘。」明蒂突然開始說話。她將一堆金槍魚砂鍋料理在盤子上組合成整齊的正方形，接著拂去一顆豌豆。「可是她的腳抽筋，所以我們大部分時間在做日光浴。」

我必須說出來。

「今天下午我聽到非常詭異的東西，」我脫口說出，「真的，真的很詭異。」

「你打斷我的話！」明蒂厲聲說道，她仔細地用餐巾紙擦了擦嘴。

這句英文怎麼說

大家今天過得如何？
How was every one's day?

「但是這件事很重要！」我喊道。我開始緊張地撕碎餐巾紙。「我在前院一個人的時候，聽見了低語聲。」

我裝出低沉粗啞的聲音說：「那些聲音說『不好笑，喬』、『一點也不好笑』，我不知道是誰在說話，那裡沒有其他人，我……呃……覺得是矮人們的聲音。」

媽媽用力放下盛裝檸檬水的玻璃杯，砰地一聲撞擊到桌面。「這些矮人的玩笑實在夠了！」她宣布道，「沒有人覺得這些笑話有趣，喬。」

「這是真的！」我大聲叫道，同時把撕碎的餐巾紙擠壓成球體，「我聽見那些聲音！」

明蒂發出輕蔑的笑聲說：「你很沒有說服力。請拿麵包給我，爸爸。」

「當然，甜心。」爸爸回應道，遞給她裝著晚餐麵包捲的木製托盤。

對話就此結束了。

晚餐後，爸爸建議我們去替番茄澆水。

「好。」我聳肩回應，只要能走出房子，任何事情都可以。

「需要我去拿害蟲剋星嗎？」當我們踏出去時，我問道。

「不！不！」他驚訝地倒抽一口氣，臉色變成幽靈般慘白。

「怎麼了，爸爸？發生什麼事？」

他無語地指著番茄田。

我們漂亮的紅番茄被壓碎、被絞爛、被毀壞，到處都是種子和稀爛的紅色果肉。

「噢——」我呻吟道，「噢，不——！」

爸爸目瞪口呆地瞪著，雙手握成拳頭驚呼道：「誰會做這麼可怕的事情？」

我的心臟開始狂跳，脈搏跟著加速。

我知道眞相，現在每個人都必須相信我。

「是小矮人做的，爸爸！」我抓住他的襯衫衣袖，開始拖著他去前院，「你可以眼見爲憑，我能證明！」

「喬，放開我，現在沒時間開玩笑，難道你不了解我們將退出園藝展？我們已經失去奪冠的機會！或許也會因爲這件事失去其他獎項。」

這句英文怎麼說

現在沒時間開玩笑。
This is no time for jokes.

「你必須相信我，爸爸，跟我來。」我緊抓著爸爸的袖子，而且絕不鬆手。

當我拉著他到前面，我思量著我們將會發現什麼。

血紅色的番茄汁塗抹著它們的醜臉？

糜爛的果肉掛在它們肥胖的手指上？

數百顆種子黏在它們怪異的小腳上？

我們逐漸靠近小矮人。

我瞇起眼睛看著那些駭人的生物。

我們終於站在它們面前。

我無法相信我們發現了什麼。

14.

沒有任何東西。

沒有果汁。

沒有果肉。

沒有種子，一顆都沒有。

我瘋狂地搜尋它們的身體，從醜惡的笑臉一直到怪異的短腿。

沒有線索，沒有任何東西。

我怎麼可能搞錯？當我轉身面對爸爸時，我的胃部感到一陣痙攣。

「爸爸……」我用顫抖的聲音開口道。

爸爸生氣地揮手打斷我的話，「這裡沒有任何東西值得看，喬，」他咕噥道，

這句英文怎麼說

我知道誰該為此事負責！
I know who's responsible for this!

「我不想再聽到任何有關矮人的話，明白嗎？一個字都不行！」

他的棕色眼睛發出憤怒之光，「我知道誰該爲此事負責！」他咬牙切齒地說：「而且他沒那麼容易脫身！」

他一轉身，快步走向後院，同時抓起一把破碎的番茄，汁液從他的指縫滲出，接著他繞行房子，直奔向隔壁鄰居。

我看著爸爸快步走上麥考家的階梯，用力按著門鈴，在有任何人回應之前，他開始嚎叫道：「比爾！你現在給我出來！」

我蹲伏在爸爸後面，從未見過他這般生氣。

我聽到轉開門鎖的聲音，大門敞開後，麥考先生就站在那裡，身穿白色運動裝，一手拿著吃到一半的豬排。

「傑佛瑞，你在吼叫什麼？這麼多噪音實在令人難以消化。」他噗嗤一笑。

「那好，你來消化這個！」爸爸大叫，接著他舉起手，扔出破碎的番茄。

番茄泥濺灑到麥考先生的白色T恤，慢慢流淌至白色運動褲，有些糊掉的果肉落在乾淨的白色球鞋上。

麥考先生難以置信地往下瞪視他的衣服，「你瘋了嗎？」他低聲吼叫道。

「不，你才瘋了！」爸爸喊道，「你怎麼可以做這種事？爲了一個愚蠢的藍帶冠軍！」

「你到底在說什麼啊？」麥考先生驚叫道。

「噢，我明白了，現在你要裝作無辜，假裝你不知道任何事情，哼！你不可能混過去的！」

麥考先生緩步走下階梯，站在我爸前方一英寸處，他挺起寬大的胸膛，氣勢洶洶地面對他。

「我沒有碰你那些爛番茄！」他咆哮道，「你這個窩囊廢，說不定去年得到藍帶優勝的番茄是你買來的。」

爸爸朝著麥考先生惡狠狠的臉揮出憤怒的拳頭，「我的番茄在展覽上是最棒的！你的番茄放在我的旁邊就像葡萄乾一樣！而且誰聽過在明尼蘇達州種植卡薩巴？你會變成園藝展的笑話！」

我全身都在發抖，突然意識到他們將會陷入肉搏戰，而且麥考先生會揍扁我

這句英文怎麼說

我沒有碰你那些爛番茄！
I didn't touch your lousy tomatoes!

爸爸。

「笑話？」麥考先生低吼道，「你才是笑話，你和酸掉的番茄，還有那些愚蠢的草地裝飾品全是笑話！趁我還沒真的失去控制之前給我離開！」

麥考先生怒氣沖沖地邁向前門，轉身說：「我不想要我兒子再跟喬玩在一起！或許是你兒子破壞了你的番茄，就像他毀壞我的甜瓜一樣！」

他消失在屋內，並且使勁地甩上門，以致於整個門廊都在晃動。

當晚我在床上花了幾個小時翻來覆去。

塗在甜瓜上的笑臉，被粉碎的番茄，低聲說話的草地矮人，我完全想不到其他的可能性。

已經遠遠過了午夜時刻，我卻睡不著覺，閉上眼睛便會看見小矮人帶著不懷好意的笑容在我面前跳舞。

那些咧著嘴的笑容，不停在笑，不停對我嘲笑。

突然間，房間裡變得悶熱不通風。我踢掉原本蓋在腿上的薄被，仍然覺得太熱。

我跳下床，快速打開窗戶，溫暖潮濕的空氣瞬間湧進來。

我將手臂靠在窗沿上，我往黑暗中仔細端詳，這是一個朦朧不清的夜晚，厚重又灰濛濛的迷霧盤旋在前院。儘管高溫籠罩，我的背後仍感到一絲寒意，我從未見過如此多霧的樣子。

霧氣微微飄動，當迷霧漸漸散去，天使緩緩進入我的視野，接著是海豹、臭鼬、天鵝，還有一抹粉紅色——紅鶴。

鹿站在那裡。

孤伶伶的。

獨自一個。

矮人們都不見了。

這句英文怎麼說

為什麼你要叫醒我們？
Why did you wake us up?

15.

「媽媽！爸爸！」我大叫著，衝進他們的臥房。

「醒一醒！醒一醒！矮人都不見了！」

媽媽直接坐起身問：「什麼？怎麼了？」

爸爸沒有任何動靜。

「小矮人！」我驚叫道，搖晃著爸爸的肩膀，「醒來！」

爸爸張開一隻眼睛，瞇起眼看著我，咕噥道：「現在幾點了？」

「起來，爸爸！」我乞求道。

媽媽啪地一聲打開床頭燈，不滿地說：「喬，很晚了，爲什麼你要叫醒我們？」

「它們——它們不見了！」我結結巴巴地說：「它們消失了，我不是在開玩笑，我真的沒有。」

我的父母互看一眼後，怒視著我。「夠了！」媽媽大聲叫道，「我們厭倦了你的笑話，現在是半夜，上床睡覺去！」

「現在馬上去！」爸爸更嚴厲地補充說：「我們聽夠了這些胡言亂語，明天早上我們必須認真討論這件事。」

「可是——可是——可是——」我結結巴巴地試著解釋。

「快去！」爸爸喊道。

我慢慢退出房間，途中被一隻拖鞋絆倒。

我早該明白他們不會相信我。

但是一定會有人相信我，總有人會相信我。

我快步跑過陰暗的大廳，奔向明蒂的房間。一走近她的床，我就能聽到她仰臥時總是發出的呼嚕聲，她是個很快就能入睡的人。

我盯著她看了一會兒。

這句英文怎麼說

她會相信我嗎？
Would she believe me?

我應該叫醒她嗎？她會相信我嗎？

我輕拍她的臉頰，「明蒂，醒一醒！」我低語道。

沒有反應。

我再次呼喚她的名字，稍微放大音量。

她眨了眨眼睛，睜開眼瞧了一下，「喬？」她半夢半醒地詢問。

「起來，快點！」我小聲說著，「妳必須來看看這個！」

「必須去看什麼？」她呻吟道。

「小矮人，矮人都不見了！」我喊道，「我想它們都跑走了！拜託，起來，拜託！」

「矮人？」她咕噥道。

「來吧，明蒂，起床。」我乞求道，「這是緊急狀況！」

明蒂的眼睛瞬間張大，緊張地問：「緊急狀況？什麼？什麼樣的緊急狀況？」

「那些矮人，它們真的消失了，妳必須跟我到外面看看。」

「這叫緊急狀況？」她喊道，「你瘋了嗎？我不會跟你去任何地方，你完全失去理智了，喬，徹頭徹尾地瘋了。」

「但是，明蒂——」

「別再打擾我，我要繼續睡覺。」

接著她閉上眼睛，拉起床單蓋著她的頭。

我站在她黑暗又寂靜的房間。

沒有人相信我，沒有人會跟我來。

現在我該怎麼做？怎麼辦？

我想像著矮人們撕碎了我們菜園的每一顆蔬菜，拉出地瓜，粉碎掉南瓜，大口咀嚼麥考先生剩下的甜瓜當作甜點！

我意識到自己必須做點什麼，並且要盡快！

我跑出明蒂的房間，快速奔下樓梯，猛然推開前門，最後衝到外面。

進入外面陰暗的迷霧中。

在毛毯般厚重的霧氣中，我嘶著口水。

這句英文怎麼說

我站在她黑暗又寂靜的房間。
I stood in her dark, silent room.

如此的黑暗且霧濛濛，令我幾乎看不清楚，感覺像在黑暗的夢中移動，灰色和黑色交織的噩夢，充滿著陰影，沒有任何東西，有的只是陰影。

我緩慢往前移步，彷彿在水中行走，赤腳下的小草感覺很濕潤，但是我無法透過厚重的濃霧看到自己的腳。

彷彿在夢境中，像一個沉重又黑暗的夢。

鬼影幢幢，萬籟俱寂，詭異的寂靜。

我繼續往迷霧中推進，卻失去所有的方向感。

我正朝著馬路走過去嗎？

「噢！」我大叫一聲，因爲某樣東西握住了我的腳踝。

我發狂地甩動著腳，試圖掙脫開來。

可是它持續抓著我。

並且將我拉倒。

下墜到天旋地轉的黑暗中。

一隻蛇。

不，不是蛇，是一根菜園的水管，那天晚上我替草坪澆水後，忘記捲起來的菜園水管。

鎮定下來，喬，我對自己喊話，你必須冷靜。

我站起身來，蹣跚地往前走，努力瞇著眼看，試著看清楚方向，一道模糊的影子輪廓似乎低著頭走向我。

我想回頭走進房子，爬進我那美好又乾燥的床。

沒錯，那才是我應該做的，我暗自決定。

我徐徐轉身。

接著聽到一陣沙沙聲響，是輕輕踩踏的腳步聲，就在附近。

我仔細地聆聽。

再次聽見同樣的聲音，感覺是像霧一樣輕盈的腳步聲。

此時我感到呼吸困難，心臟怦怦跳動，赤裸的腳底冰冷又濕透，濕氣往上蔓延到我的雙腿，甚至令整個身體都在顫抖。

我聽到一陣刺耳的嘎嘎大笑，是矮人嗎？

這句英文怎麼說

我仔細地聆聽。
I listened closely.

我遲疑地回頭，試圖在翻騰的黑暗中看見它。
但是它自後方緊緊抓著我的腰部。
伴隨著粗啞邪惡的笑聲，驟然將我扔到地上！

16.

當我撞上濕漉漉的地面時，再一次聽到低沉又邪惡的笑聲。而且我認出了那個聲音。

「穆斯？」

「嚇到你了吧！」他低聲說道，同時扶著我站起來。即使在迷霧中，我仍然能清楚看見他臉上大大的咧嘴笑臉。

「穆斯——你在這裡做什麼？」我設法喊出聲。

「我睡不著，不停聽到奇怪的聲音，當我往迷霧中盯著看時便看見了你。你在這裡做什麼，喬？製造更多麻煩嗎？」

我拍掉手上濕淋淋的草屑，告訴他：「我沒有造成麻煩，你必須相信我。你

這句英文怎麼說

我沒有將它們藏起來。
I didn't hide them.

瞧——那兩隻矮人——它們不見了。」

我指著那隻鹿，穆斯也發覺那些矮人沒有站在它們原本的位置上。

他盯了許久。「這是惡作劇，對吧？」

「不，這是真的，我必須找到它們。」

穆斯朝我皺著眉頭，「你做了什麼，把醜陋的小討厭鬼藏起來？它們在哪裡？來嘛，告訴我！」

「我沒有將它們藏起來。」我堅持道。

「告訴我，」他重複道，同時往我這邊靠近，兩張臉差點貼在一起，「否則你就忍受十大酷刑吧！」

穆斯用大手使勁推向我的胸口，我往後傾倒，再度跌落在濕漉漉的草地上。

他捶打我的腹部，把我的手臂壓制在地上。

「告訴我！」穆斯堅持道，「告訴我它們在哪裡！」接著他在我身體上方上下彈跳。

「停下！」我痛苦地喘氣道，「停下來！」

他停下動作，因爲我們兩家的房子都打開了燈光。

「噢，哇！」我低語道，「我們現在遇到了大麻煩。」

我聽到我家前門砰地一聲打開，緊接著穆斯家的門也打開了。

我們瞬間靜止不動，「保持安靜，」我小聲說道，「或許他們不會看見我們。」

「誰在這裡？」我父親高聲喊道。

「怎麼回事，傑佛瑞？」我聽見麥考先生喊道，「出現在外面的吵雜聲是什麼？」

「我不知道。」我爸爸回答，「我認爲或許是喬……」他的聲音逐漸變小。

我們是安全的，我心想，迷霧隱藏了我們的存在。

接著我聽到小小的喀噠聲，手電筒的細長光束掃射過院子，最後鎖定在穆斯和我身上。

「喬！」爸爸喊道，「你在那裡做什麼？爲什麼不回答我呢？」

「穆斯！」麥考先生用低沉又憤怒的聲音喊道，「進來這裡，動作快！」

穆斯爬起來，快速奔向他家。

這句英文怎麼說

為什麼不回答我呢？
Why didn't you answer me?

那天晚上我第二次從草地上撐起自己的身體，接著慢慢地走進去。

爸爸雙手緊緊地交疊於胸前說：「今晚你吵醒我們兩次！而且你又一次在半夜跑出去！你到底是怎麼了？」

「聽我說，爸爸，我跑到外面是因爲矮人們消失不見了！你去查看就知道了。」我乞求道，「你會瞭解的！」

我父親瞇起眼睛瞪著我，「這些矮人故事已經一發不可收拾！」他嚴厲地斥責道，「我受夠了！現在上樓去，不然我會將你禁足一整個夏天！」

「爸爸，我求求你，我的人生中從未如此認眞，拜託你去看看！」我懇求道，「拜託，拜託，拜託！」接著補充道，「我再也不會要求你其他的事情。」

我猜最後一句說服了他。

「好，」他疲累地嘆氣道，「不過假如這是另一個玩笑……」

我父親踏步走向客廳的窗戶，盯著繚繞的霧氣。

請讓矮人仍然消失不見！我沉默地祈禱著，請讓爸爸看見我陳述的事實，拜託……

17.

「喬，你說對了！」我父親宣布道，「小矮人們不在那裡。」

他相信我了！總算！

我跳起來朝著空中揮出一拳，「耶——！」我歡呼道。

爸爸用睡衣袖子擦了擦沾有濕氣的玻璃窗格，瞇起眼睛再度看向窗外。

「看，爸爸！看啊！」我雀躍地大喊道，「我說的都是事實，我不是在開玩笑。」

「嗯——那隻鹿萊拉也不在那裡。」他輕聲說道。

「什麼？」我驚訝地倒抽一口氣，感覺我的胃在劇烈翻攪，「不，鹿還在那裡！我有看到它！」

這句英文怎麼說

小矮人們不在那裡。
The gnomes aren't out there.

「等等，」爸爸低聲說：「啊，它在那裡，隱藏在霧氣中，還有矮人們！它們在那裡！它們都在那裡，就躲在迷霧中，看見沒？」

我瞪著窗外，兩頂尖帽突出於迷霧，兩隻矮人站在黑暗中，依然在鹿的旁邊，就在它們的專屬位置上。

「不——！」我呻吟道，「它們剛才不在那裡，我沒有耍詭計，爸爸，我沒有！」

「迷霧可以製造有趣的事情，」爸爸說：「有一次我開車穿過猶如豌豆湯模樣的濃霧，透過擋風玻璃我注意到奇怪的東西，有一個發光的圓形物貌似在空中盤旋。噢，孩子，我心想著，那是一個幽浮！一架飛碟！我眞不敢置信！」

爸爸輕拍我的背部，「結果我的幽浮變成被綁在停車收費器的一顆銀色氣球。現在，喬，回到矮人的事上。」爸爸表情轉爲嚴肅地說：「我不想聽到更多瘋狂的故事，它們僅僅是草地裝飾品，如此而已，好嗎？別再多說一個字，你能保證嗎？」

我又有什麼選擇？「我保證。」我咕噥道。

我拖著身體上樓去睡覺，多麼可怕的一天，還有晚上。

我父親認爲我是一個騙子，我們的番茄被毀了，穆斯被下了禁令，再也不能和我一起玩。還有什麼事情會發生呢？

隔天早上我醒來，腹部有一股沉重感，宛如我吞下一碗水泥。

我的腦海中一直想著矮人們。

那些可怕的矮人，它們正在摧毀我的夏天，摧毀我的生活！

忘掉它們，喬，我在內心說服自己，只要忘記它們就好了。

無論如何今天必須比昨天更好，肯定不會變得更糟糕。

我盯著臥室的窗戶外，所有霧氣全被亮黃色的陽光燒得無影無蹤。巴斯特安祥地睡在草地上，牠的白色長繩子蜿蜒穿過院子。

我朝麥考家的房子瞄了一眼，心想：或許穆斯在外面的菜園幫他爸爸做事。

我倚靠著窗戶，爲了得到更好的視野，身體更加往外傾斜。

「噢，不——！」我呻吟道，「不！」

這句英文怎麼說

為什麼他沒有停進車庫？
Why didn't he park in the garage?

18.

白色油漆顏料一團團地潑濺在麥考先生的紅色吉普車上！

車頂、引擎蓋、車窗，整台吉普車被油漆顏料塗滿。

我知道這個代表超大麻煩。

我穿上一件牛仔褲和昨天的T恤，匆忙地跑到外面。我在隔壁的車道發現穆斯，他生氣地咬緊下顎，搖搖頭繞著吉普車走一圈。

「難以置信，對吧？」他轉向我說：「我爸爸看見這個時，簡直氣炸了！」

「爲什麼他沒有停進車庫？」我問道，麥考先生總是把吉普車停在他們的雙車車庫裡。

穆斯無奈地聳肩說：「媽媽一直在清理地下室和閣樓，爲了舉辦舊物拍賣，

她在車庫堆了大約一百萬箱的垃圾，所以昨晚爸爸必須把車子停在車道上。」

穆斯拍了拍吉普車的車頂，「油漆顏料仍然是黏稠的，你摸摸看。」

我觸碰它，的確還有黏性。

「我爸爸還在氣頭上！」穆斯宣稱，「一開始他認爲是你爸爸做的，你也曉得，因爲那些番茄的事，但是媽媽告訴他這太荒謬了，所以他打電話報警，聲明在做這件事的人被扔進監獄之前，他絕不會善罷干休！」

「他眞的那樣說？」我訝異地問道，瞬間感覺嘴巴乾得像棉花，「穆斯，一旦警方開始調查這些事情，他們會歸咎於你和我！」

「責怪我們？你瘋了嗎？爲什麼他們會責怪我們？」他質問道。

「因爲昨晚我們兩個人都在外面，」我解釋道，「而且每個人都知道。」

穆斯的深褐色眼睛閃爍著恐懼說：「你說的對，那我們該做些什麼？」

「我不知道。」我沮喪地回答。我在麥考家的車道來回踱步，努力思索著，裸足下的瀝青感覺溫暖而黏膩。

我移步至草地上，注意到一條由白色油漆小點構成的線。

這句英文怎麼說

它們不會到處亂跑惡作劇。
They don't run around doing mischief.

「嘿，這是什麼？」我大聲叫道。

我追隨著油漆的軌跡，跨越了草地。

經過矮牽牛花。

直到我家庭院的角落。

油漆滴落的痕跡結束於矮人們站著對我咧嘴笑的地方。

「我就知道！我就知道會是它！」我高聲喊道，「穆斯，過來看這個軌跡，是矮人們潑了你們的車子！而且在這裡做了所有其他惡劣的事情。」

「草地矮人？」穆斯氣急敗壞地說，「喬，放棄吧，沒人會相信這種事，你爲什麼不肯放過這個想法呢？」

「重新檢視證據吧！」我要求道，「甜瓜種子在矮人的嘴唇上，這個白色油漆顏料的軌跡，我甚至發現它們手上有黑色麥克筆的痕跡，正好在你爸爸發現卡薩巴上的笑臉之後！」

「眞奇怪，」穆斯咕噥道，「非常奇怪，不過它們只是草地矮人，喬，它們不會到處亂跑惡作劇。」

「如果我們能證明它們有罪呢？」我建議道。

「不好意思喔？我們要怎麼做到呢？」

「現場逮到它們的犯行。」我回答。

「呃？這真是瘋狂，喬。」

「來吧，穆斯，我們今晚行動。我們偷溜出來，躲在房子前方的灌木叢後面，接著觀察它們。」

穆斯搖著頭回答：「不行，經過昨晚的事情，我已經惹了大麻煩。」

「那等警方結束調查後，你會有什麼樣的麻煩呢？」

「好，好，我加入。」他咕噥道，「但是我覺得這整個計畫都在白白浪費時間。」

「我們要逮到這些矮人，穆斯。」我告訴他，「這是我們能做的最後一件事。」

啊——！

我的鬧鐘！它沒有發出聲音！

這句英文怎麼說

我以為你臨陣退縮了。
I thought you chickened out.

現在已接近半夜，我遲到了，我承諾十一點半在外面跟穆斯會合的。

我跳下床鋪，身上仍穿著牛仔褲和T恤，我抓起運動鞋後往外奔跑。

沒有月亮，沒有星星，只有黑暗覆蓋著前院的草地。

院子很安靜，實在太過安靜了。

我四處張望尋找穆斯，沒有他的蹤跡。當我沒有出現，他可能回家了。

現在我應該做什麼？獨自一人在外面？或者回去睡覺？

有什麼東西在灌木叢裡沙沙作響，我吃驚地倒抽一口氣。

「喬，喬，我在這裡。」穆斯低聲呼喚道。

他從我家前面常綠灌木叢的後面冒出了頭，揮揮手叫我過去。

我滑行到他的身邊。

穆斯朝我手臂用力打了一拳，「我以爲你臨陣退縮了。」

「不可能！」我小聲回應道，「這可是我的主意！」

「是啊，你的瘋狂主意，」穆斯回應道，「我眞不敢相信自己躲在灌木叢後面，尤其在半夜的時候，監視著草地裝飾品。」

「我知道聽起來很瘋狂，可是——」

「噓——你有聽到什麼聲音嗎？」穆斯中斷我的話。

我聽見了，一陣刮擦聲。

我將手伸向灌木叢，分開厚實的綠色樹枝，針葉刺在我的手掌和手臂上，嚇得我迅速抽出手臂，然而速度過快，以致於兩片針葉撕裂了我的皮膚，鮮血從我的手指滴下來。

刮擦聲逐漸靠近中。

我的心臟在胸口怦怦地狂跳。

聲音更接近了。

穆斯和我坐在那裡，驚恐地交換目光。

我必須看，我必須親眼看到是什麼東西製造出那些聲音。

我再次分開那些針葉，穿過一大片針葉分枝瞪著看，撞見了一雙發光的小眼睛。

「抓住它，穆斯！快抓住它！」我大聲叫道。

這句英文怎麼說

我們已經待在這裡超過兩小時。
We've been out here for over two hours.

穆斯從灌木叢後面跳出來，正好看著那東西驚慌跑開了。

「是隻浣熊！只是一隻浣熊！」

我長嘆一聲，「抱歉，穆斯。」

我們在那裡坐了一會兒，每隔幾分鐘便分開樹枝確認小矮人們的動靜，我的兩隻手臂都被粗糙的針葉刮傷了。

但是矮人沒有任何動靜，它們穿著愚蠢的服裝和帽子，站在那對著黑夜咧嘴笑。

我痛苦地呻吟著，雙腿感到僵硬無法動彈。

穆斯察看他的手錶，「我們已經待在這裡超過兩小時，」他低語道，「那些矮人不會去任何地方，我要回家了。」

「再等久一點，」我向他乞求，「我們會抓到它們，我知道我們可以。」

「你是一個非常好的人，」穆斯第一百萬次分開灌木叢後說：「所以我討厭告訴你這件事，喬，但是你實在瘋狂得像——」

他倏地打住話，驚訝地張口結舌，雙眼幾乎要凸出他的臃腫腦袋。

我透過灌木叢窺視，正好看見小矮人甦醒過來，往頭頂伸展它們的雙臂，撫摸著下巴。

它們往外晃了晃雙腿，接著撫平它們的襯衫。

「它們——它們動了！」穆斯大聲叫道。

太大聲了。

我嚇得失去平衡感，直接跌進灌木叢。

我意識到它們已經看見我們。

現在該怎麼辦？

這句英文怎麼說

我們必須離開這裡。
We have to get out of here.

19.

「不，天啊，不——！」穆斯低語道，將我拉起身來，「它們在動，它們真的會動！」

我們瞇著眼透過樹枝，驚駭地瞪著哈普和奇普。

小矮人們彎曲膝蓋，進行伸展運動。

它們邁出僵硬的一步，接著另一步。

我是對的，它們是活的，我心想，活生生的！

而且它們正朝著穆斯和我走過來。

我們必須逃跑，我告訴自己，我們必須離開這裡。

但是我們都無法將目光從活著的草地矮人身上移開。

滿月突然出現在樹木上方，前面的草坪被月光照亮，彷彿有人打開了聚光燈。矮胖的身影擺動著短小而肥胖的手臂，它們開始奔跑，尖尖的帽子像鯊魚鰭般劃破了空氣。

它們用矮胖的雙腿朝我們快速移動。穆斯和我跪下試圖躲藏起來，我整個身體劇烈顫抖，使得灌木叢不停搖晃！

矮人跑得更近了，靠近到我能看見它們深紅色的邪惡眼睛和咧嘴笑容中的白色光芒。

我使勁地握緊拳頭，令雙手感到疼痛。

它們要對我們做什麼？

我閉上眼睛，聽到它們從旁邊跑過，有沉重的腳步聲和呼呼的喘息聲。

我睜開眼睛看著它們跑過水泥步道和房子側面。

「穆斯——它們沒看見我們！」我開心地低語道。

我們互相幫忙對方站起來。我感到頭暈目眩，黑暗的地面似乎在傾斜，雙腿猶如果凍般無力。

這句英文怎麼說

我們互相幫忙對方站起來。
We helped each other to our feet.

穆斯擦了擦出汗的額頭，小聲說：「它們要去哪裡？」

我搖搖頭說：「我不知道，但是我們必須跟蹤它們，來吧。」

我們互相比讚，接著從藏身處走出來。由我在前頭帶路，穿過水泥步道和前廊，直朝房子旁邊走去。

當我聽見它們用沙啞的嗓音低聲說話時，我停了下來。

它們在正前方。

穆斯抓住我的肩膀，他驚恐地睜大眼睛說：「我要馬上離開這裡！」

我轉過身哀求道：「不！你要留下來幫我抓到它們，我們必須向父母證明這裡發生的事情。」

他長嘆一聲。

知道像穆斯這樣的壯漢跟我一樣害怕，讓我感覺好一些。最終他點點頭說：「好吧，我們一起抓住它們。」

隱身在房子的暗影中，我們走到了後面，我看見巴斯特在院子角落的狗屋旁熟睡著。

接著我看到兩隻草地矮人，它們在車庫隔壁成堆的油漆、刷子和工人留下的衣服旁，彎腰動作。

當哈普和奇普拿起兩罐黑色油漆，穆斯和我往後退。它們正用肥厚的手指撬開罐子。

兩隻矮人咯咯笑地揮舞著打開的罐子，接著把黑色油漆扔向我家房子側面，黑色顏料飛濺到了剛刷好的白色油漆上，流下一條條又長又粗的紋路。

我用手摀住嘴巴，以免發出尖叫聲。我就知道，我一直都知道，但沒有人肯相信我，小矮人們是這裡所有麻煩的幕後兇手。

矮人們折返回堆積處，以獲得更多油漆顏料。

「我們必須阻止它們，」我小聲對穆斯說：「但是該怎麼做？」

「我們去擒抱它們。」穆斯建議道，「從它們身後擒抱住，讓它們動彈不得。」

聽起來很簡單，畢竟它們很矮小，身形都比我們小。「好。」我耳語道，同時感到胃不舒服，「我們將它們拖進房子，向我父母展示。」

我深吸一口氣憋住，穆斯和我開始向前邁進。

這句英文怎麼說

小矮人們是這裡所有麻煩的幕後兇手。
The gnomes were behind all the trouble around here.

接近一點，再接近一些。

只要我的雙腿不再像橡皮筋一樣搖晃。

更接近了。

我看見穆斯低下身體。

他往前倒下，重重地撞擊地面，發出響亮的「嗚呼」聲。

我花了一秒鐘才看見，他被巴斯特的繩子絆倒了。

他掙扎著站起來，但是繩子已經纏繞著他的腳踝。

他雙手用力地拉扯繩子。

接著驚醒了巴斯特！

「汪汪——！汪汪——！」巴斯特一定是看見那些矮人，因爲牠開始大聲狂吠。

小矮人們迅速轉身。

它們的目光鎖定我們，在皎潔的月光下，它們的臉變得嚴厲而憤怒。

「抓住他們！」奇普咆哮道，「別讓他們逃走！」

20.

「跑啊！」我喊道。

穆斯拉起繩子解開自己，繩子自樹上鬆脫。下一刻，他和我一起狂奔至房子前面。

巴斯特持續大聲狂叫。

在狗叫聲中，我聽到刺耳的咯咯笑聲，那是矮人追逐我們所發出的聲音。

它們的腳猛烈地拍打在草地上，我回頭瞄了一眼，瞧見它們用粗短的雙腿快速移動著，快到看不清動作。

我拚命加快腳步，跑得上氣不接下氣，繞過房子的一側。

我能聽到接近我們身後的那兩隻矮人高亢的咯咯笑聲。

這句英文怎麼說

巴斯特持續大聲狂叫。
Buster was still barking his head off.

「救命啊！」穆斯大聲叫道，「來人啊——救救我們！」

我張大嘴巴努力呼吸。它們即將抓到我們了。

我知道自己必須跑得更快，但是雙腿突然感覺像磚塊一樣沉重。

「救、救命啊——！」穆斯高聲喊道。

我瞥了房子一眼，爲什麼裡面沒有任何人醒來？

我們不停繞著房子跑來跑去。

爲什麼哈普和奇普不停地咯咯笑？

因爲它們知道快抓住我們了？

我的肋骨襲來一陣刺痛，「噢，不！」我抽筋了。

我感覺穆斯拉著我，「不要慢下來，喬，繼續跑！」

肋骨的疼痛像刀子般尖銳，「我無法跑……」我感到呼吸困難。

「喬——繼續跑！不要停下！」穆斯大聲叫道，發狂地拉著我的手臂。

我彎下腰，痛苦地抱著肋骨位置。

全都結束了，我心灰意冷地想著，它們會抓到我。

剎那間，前門被打開，門廊的燈光亮起。

「這裡發生什麼事？」一個熟悉的聲音響起。

明蒂！

她走出來，拉著她粉紅色浴袍的腰帶。我看到她朝黑暗中瞇起眼睛。

「明蒂！」我高喊道，「明蒂——小心！」

太遲了。

小矮人抓到她了。

伴隨著更嘹亮的咯咯笑聲，它們將她的雙手牽制在後面，把她拉下門廊的台階，拖往馬路。

這句英文怎麼說

把我姊姊放下來！
Put my sister down!

21.

明蒂不斷地扭動手臂和猛踢雙腿，但是咯咯笑的矮人擁有驚人的力量。

「救我啊！」明蒂向穆斯和我喊叫道，「不要只是站在那裡——快救我！」

我困難地嚥著口水，肋骨的疼痛逐漸消退。

穆斯和我不發一語，開始追趕著它們。

它們已經帶著明蒂到路邊，踱步走上人行道。靠著路燈的光線，我看到明蒂正奮力掙扎著想解脫。

穆斯和我衝下車道，「放下她！」我氣喘吁吁地喊道，「把我姊姊放下來——快！」

它們發出更多笑聲，急匆匆地跑過麥考家，越過接下來的兩棟房子。

穆斯和我追在它們後面，不停地呼喊，乞求它們停下來。

令我們震驚的是，它們真的停了下來。

在高大樹籬的陰影下，它們放下明蒂，轉向我們，「我們沒有要傷害你們。」奇普開口道。

現在矮人們的表情顯得很認真，雙眼透過黑暗端詳著我們。

「我真不敢相信！」明蒂大聲叫道，拉直她的袍子，「這太瘋狂了！簡直是瘋了！」

「還用妳說嗎！」我咕噥道。

「請聽我們說。」哈普粗聲粗氣地說。

「我們沒有要傷害你們。」奇普重複道。

「沒有傷害？」明蒂尖聲叫道，「沒有傷害？你從我家將我抓走！你——你——」

「我們只是想要得到你們的注意。」哈普輕聲道。

「嗯，你們已經得到了！」明蒂驚叫道。

這句英文怎麼說

我們沒有要傷害你們。
We mean you no harm.

「我們沒有要傷害你們。」奇普又重複說一遍，「請相信我們。」

「我們怎能相信你們？」我質問道，終於找回我的聲音，「看看你們造成的所有麻煩，你們毀了我們的菜園！你們到處潑灑油漆！你們——」

「我們不由自主。」哈普打斷我說道。

「我們眞的無法控制，」奇普附和道，「你們看，我們是惡作劇矮人。」

「你們是什麼？」明蒂大聲喊道。

「我們是惡作劇矮人，專門做惡作劇，那是我們畢生的使命。」哈普解釋道。

「只要這世界上還有惡作劇，我們就會在，」奇普補充說明，「惡作劇是我們的工作，我們無法自拔。」

它彎下腰，從馬路邊緣掰下一大塊水泥，接著拉開我們對面的郵箱，把水泥塊塞進去。

「看到了嗎？我無法控制自己，無論我走到哪裡，都必須做惡作劇。」

哈普咯咯笑著說：「少了我們，這世界將會是一個非常平淡乏味的地方，不是嗎？」

「將會是一個更美好的地方。」明蒂將雙手交疊於胸前，堅定地說道。

穆斯還沒說任何一字，僅僅是站著瞪視兩個會說話的草地矮人。

哈普和奇普嘟起嘴。「請不要傷了我們的感情。」奇普粗聲粗氣地說：「我們的生活並不容易。」

「我們需要你們的幫助。」哈普補充說明。

「你們想要我們幫忙惡作劇？」我大聲叫道，「不可能！你們已經讓我惹了大麻煩。」

「不，我們需要你們的協助，讓我們獲得自由，」奇普嚴肅地說：「拜託——傾聽並相信我們。」

「傾聽並相信。」哈普附和道。

「我們住在離這裡很遠的土地上，」奇普開始訴說，「在蔥鬱的森林深處，我們看守礦脈和保護樹木，做些無傷大雅的惡作劇，但是我們也做了許多好事。」

「我們是勤勞的人，」哈普搔著頭說，「我們快樂地生活在森林裡的家。」

「可是之後礦井被關閉、樹木被砍伐，」奇普接續講道，「我們被獵捕和綁架，

這句英文怎麼說

你們不覺得無聊嗎？
Don't you get bored?

迫使遠離家園，運送至你們的國家，被逼著以草地裝飾品的身分工作。」

「奴隸，」哈普傷心地搖著頭說：「被強迫站立一整天。」

「那是不可能的！」明蒂大聲叫道，「你們不覺得無聊嗎？你們怎麼能站那麼久？」

「我們陷入昏睡狀態，」奇普解釋道，「渾然不覺時間的流逝，晚上才會從昏睡中甦醒，開始進行我們的工作。」

「你是說惡作劇！」我聲明。

它們同時點點頭。

「可是我們想要自由，」哈普接著說：「去我們想去的地方，住在我們選擇的地方，我們想要找到另一個可以自由生活的森林。」兩隻小小矮人的眼淚順著肥胖的臉頰滾落下來。

奇普嘆了一口氣，抬起眼睛看向我說：「你們會幫我們嗎？」

「幫你們做什麼？」我質問道。

「幫我們和朋友們脫困。」奇普回答。

「那裡還有其他六個人，」哈普說明，「它們被鎖在地下室，就在你們買下我們的那間店，我們需要你們幫忙讓它們自由。」

「我們可以從地下室的窗戶爬進去，」它的夥伴接著說：「但是我們太矮小，以致於無法從原處爬出來，或者碰觸到門把從門口出來。」

「你們會幫我們逃走嗎？」哈普拉著我T恤的底端，殷切地懇求道，「你們只要下去地下室，幫我們六個朋友從地下室的門口逃出來。」

「請幫幫我們，」奇普眼眶泛淚地乞求道，「之後我們會離開，去森林深處，永遠不會對你們再做任何惡作劇。」

「對我來說，這聽起來不錯！」明蒂喊道。

「所以你們願意幫忙？」哈普尖聲道。

它們開始拉著我們，吱吱喳喳地說：「拜託？拜託？拜託？拜託？拜託？」

穆斯、明蒂和我交換了困擾的眼神。

我們應該怎麼辦？

這句英文怎麼說

我們永遠不會對你們再做任何惡作劇。

We will never cause you any more mischief.

22.

「拜託？拜託？拜託？拜託？拜託？」

「幫幫它們吧。」穆斯終於發出聲音說。

我轉頭看著明蒂。我通常不會詢問她的意見，不過此時此刻她是最年長的。

「妳怎麼想？」

明蒂咬著下唇，「嗯，看看巴斯特多麼討厭被綁起來，」她說：「牠只不過想要自由，我想每件事物都值得獲取自由，即使是草地矮人也不例外。」

我轉回去面對矮人，「我們會幫忙！」我宣布道，「我們會幫你們。」

「謝謝你們！謝謝你們！」奇普摟著哈普，歡樂地大聲叫道，「你們不曉得這個決定對我們來說有多麼重要！」

「謝謝你們！謝謝你們！謝謝你們！」哈普尖聲叫道，它跳到空中，互敲它的靴子後跟，「快點！我們走吧！」

「現在？」明蒂大聲叫道，「現在是半夜，我們不能等到明天嗎？」

「不，拜託，就是現在。」哈普堅持道。

「在黑暗中，」奇普補充說明，「趁著店家關門。拜託，我們趕快去。」

「我沒有打扮好，」明蒂回答，「我眞的不認爲我們現在可以去，我想——」

「如果我們在這裡待更久，我們不得不做更多的惡作劇。」奇普眨了一眼表示。

我當然不希望那種情況發生。「現在去做吧！」我同意道。

因此，我們五個人潛行在黑暗的街道和陡坡，走向美麗草地。哇，這眞的很詭異！我們在半夜帶著一對草地裝飾品走來走去！

我們即將闖進商店，讓另外六個草地裝飾品得到自由！

粉紅色的老房子在白天是一個很怪異的地方，到了晚上它更是令人毛骨悚然，所有的草地動物——鹿、海豹和紅鶴——在黑暗中，用空泛又毫無生氣的眼

這句英文怎麼說

我們不能等到明天嗎？
Can't we wait until tomorrow?

睛盯著我們。

它們也活著嗎？我好奇著。

哈普似乎讀出我的心思，「它們只用於裝飾，」它嘲笑道，「僅此而已。」

兩個興奮的矮人快速穿過寬闊的草坪，繞過安德森太太的房子旁邊，穆斯、明蒂和我緊跟在後面。

明蒂用冰冷的手緊握著我的手臂，我的雙腿仍感到顫抖，但是我的心臟是因爲興奮而狂跳——沒有恐懼。

哈普和奇普指著地下室又長又低的窗戶。我跪下往內部仔細看，完全一片漆黑。

「你確定其他矮人都在下面嗎？」我詢問道。

「噢，是的，」奇普急切地說道，「六個都在，它們正等待著你們去救援。」

「請快一點，」哈普懇求道，輕輕地把我推到窗前，「在那個老女人被我們的聲音吵醒之前。」

我低下身到打開的窗戶邊緣，接著轉身看向我姊姊和穆斯。

「我們會在你身後跟著進去。」穆斯低語道。

「快點救出它們然後離開這裡。」明蒂催促道。

「開始吧。」我輕聲道。

我交疊手指以祈求好運，接著滑入黑暗之中。

這句英文怎麼說

我們得找到電燈開關。
We've got to find the light switch.

23.

我跳過窗框，雙腳順利落地，幾秒鐘後，我聽見穆斯和明蒂跟著我滑進來。

我瞇起眼睛看著周遭的黑暗，完全無法看到任何東西。我舔了舔乾燥的嘴唇，聞一聞空氣中的味道，有一股酸味，像白醋一樣，充斥在悶熱潮濕的地下室。

是汗水味，我心想，矮人的汗水。

我聽見外面傳來咯咯笑聲，奇普和哈普猛衝過窗台，砰地一聲重擊到地板。

「嘿，你們——」我低語道。

但是它們蹦蹦跳跳地跑進黑暗中。

「怎麼了？」穆斯問道。

「我們得找到電燈開關。」明蒂小聲說道。

在我們移動之前，天花板上的燈都亮了起來。突然乍現的光芒，令我眨了眨眼睛。

接著我倒抽一口氣，因為我正盯著寬廣的地下室——有一整群草地矮人！不是六個！有六百個！它們一排連著一排，互相擠來擠去，並瞪著我們三個人。

「哇啊！」穆斯大聲叫道，「根本是一大群！」

「哈普和奇普對我們說謊！」我大聲叫道。

它們的襯衫各有不同的顏色，不過所有草地矮人看起來都一樣，它們都佩戴著尖頂高帽和黑色皮帶，五官都是瞪著眼的紅眼睛、寬扁的鼻子、咧嘴笑的嘴唇和大大的尖耳朵。

看到這麼多醜陋生物，讓我大吃一驚，以至於花了些時間搜尋哈普和奇普，最後發現它們在房間的一邊。

哈普舉手拍掌三次。

接著又是三個拍掌聲，短促尖銳的拍掌聲回響在地下室的牆壁間。

這句英文怎麼說

哈普舉手拍掌三次。
Hap clapped his hands three times.

一整群矮人都變得生氣勃勃，伸展四肢、彎曲身體、笑聲不斷，用刺耳激動的聲音喋喋不休。

明蒂緊抓著我的手臂，「我們必須離開這裡。」

在一群矮人的喋喋不休和咯咯笑聲中，我幾乎聽不見她的聲音。我朝地下室的窗戶瞄了一眼，突然間覺得窗戶很高、很遙遠。

當我轉過頭來，哈普和奇普已經移動到我們前方，拍了拍它們的雙手，吸引大家的注意力。

上百個矮人瞬間安靜下來。

「我們已經帶來年輕的人類！」哈普宣布道，開心地咯咯笑。

「我們遵守了承諾！」奇普宣布道。

更多歡愉的咯咯笑聲。

令我驚恐的是，矮人們開始向前進，它們的眼睛閃爍著興奮的光芒，朝著我們伸出短胖的手臂，尖尖的帽子像攻擊中的鯊魚一樣，快速向前滑動。

明蒂、穆斯和我向後退，一直往後退到牆壁。

矮人們成群蜂擁地擠向我們，它們的小手猛拉我的衣服，拍打我的臉，拉扯我的頭髮。

「停止！」我尖聲叫道，「退後！退後！」

「我們是來幫助你們的！」我聽見明蒂尖叫道，「拜託——我們是來幫助你們逃脫的！」

更響亮的咯咯笑聲。

「可是我們不想要逃走！」一個傻笑的矮人聲明道，「現在你們在這裡，將會變得非常有趣！」

這句英文怎麼說

你們耍我們！

You tricked us!

24.

有趣？

它說有趣是什麼意思？

哈普和奇普推擠著走到前面，站在我們旁邊，拍了拍它們的手，讓嘻嘻哈哈、喋喋不休的群衆安靜下來。

地下室倏地轉爲寂靜無聲。

「你們耍我們！」明蒂對著兩隻矮人尖叫道，「你們欺騙了我們！」

它們大笑作爲回應，興高采烈地拍了拍對方的肩膀。

「我不敢相信你們會對我們的悲傷故事信以爲眞。」哈普搖著頭說。

「我們說過，我們是惡作劇矮人。」奇普譏諷道，「你們應該要意識到我們

正在惡作劇！」

「很棒的笑話，各位。」我乾笑著，「你們戲弄了我們，非常好。現在讓我們回家，好嗎？」

「是啊，讓我們回家！」穆斯堅持道。

整個房間爆出此起彼落的笑聲。

哈普搖了搖頭聲明道：「但是惡作劇才正要開始！」

歡呼聲和咯咯笑聲交錯著。

奇普轉頭看著激動的矮人們說：「所以我們該如何處置我們可愛的囚犯？有任何想法嗎？」

「試看看他們能不能彈跳！」一個靠近房間後方的矮人高聲喊道。

「是啊！拿他們來運球！」

「一個運球比賽！」

「不——把他們彈到牆壁上，反彈後抓住！」

更多的歡呼聲。

這句英文怎麼說

但是惡作劇才正要開始！
But the mischief has just begun!

「不！將他們折疊成小方塊！我最愛人類被摺成小方塊！」

「是啊！一個折疊比賽！」另一隻矮人大聲叫道。

「折疊他們！折疊他們！折疊他們！」幾個矮人開始吟唱著。

「搔他們癢！」在前面的一隻矮人建議道。

「對他們搔癢幾個小時！」

「搔癢！搔癢！搔癢！」

房間裡響起了它們興奮地歌唱聲。

「折疊他們！折疊他們！折疊他們！」

「搔癢！搔癢！搔癢！」

「運球！運球！運球！」

我轉頭看著穆斯，他驚魂不定地盯著歌唱的矮人，瞪大雙眼，下巴顫抖不已。明蒂的背部緊貼著地下室的牆壁，金髮在額頭上亂成一團，雙手塞進浴袍的口袋裡。

「我們該怎麼辦？」她試著壓過激動的歌唱聲，大聲向我問道。

突然，我蹦出一個想法。

我將手臂高舉過頭，尖叫道：「安靜！」

整個房間立刻沉默下來，上百隻紅眼睛盯著我看。

「讓我們走！」我要求道，「否則我們三個人會聲嘶力竭地尖叫，我們會叫醒安德森太太，她在一秒鐘內會下來這裡拯救我們！」

沉默無聲。

我嚇到它們了嗎？

不，矮人們發出洪亮而輕蔑的笑聲，它們拍打著彼此的肩膀，不斷地哈哈大笑。

「你必須想更好的辦法！」哈普仰著頭，對我傻笑道，「我們都知道安德森太太聽不見任何聲音。」

「儘管大叫，」奇普催促著，「盡你所能的喊叫，我們喜歡人類驚叫的時候。」

它轉向哈普，兩個互拍對方的肩膀，接著摔倒在地上，一邊興高采烈地咯咯笑，一邊在空中踢著它們的腳。

這句英文怎麼說

我嚇到它們了嗎？
Had I frightened them?

反覆吟唱的聲音在寬闊的地下室再度響起。

「搔癢！搔癢！搔癢！」

「折疊他們！折疊他們！折疊他們！」

「運球！運球！運球！」

我長嘆一口氣後，轉頭看著驚恐的姊姊和朋友，低語道：「我們完蛋了，我們沒有逃走的機會。」

25.

「拔河比賽！拔河比賽！」

一個新的吟唱聲從房間後面開始往前傳誦著。

「好耶！」哈普和奇普開心地宣布道。

「很棒的惡作劇！」哈普大聲喊道。

「一個拔河比賽！我們不斷拔河直到他們被拉長。」奇普呼喊道。

「拉長他們！拉長他們！」

「拔河比賽！拔河比賽！」

「喬——我們該怎麼辦？」在充滿熱情的頌歌中，我聽見明蒂驚恐的嗓音。

想啊，喬，我催促著自己，快想啊！一定有辦法逃出這個地下室。

這句英文怎麼說

一定有辦法逃出這個地下室。
There has to be a way out of this basement.

可是我覺得頭昏眼花，吟唱聲在我耳中縈繞著，咧嘴笑臉不懷好意地看著我們，我的思緒雜亂無章。

「拉長他們！拉長他們！」

「折疊他們！折疊他們！折疊他們！」

「搔癢！搔癢！搔癢！」

突然間，在小矮人粗啞的嗓音中，我聽到一個熟悉的聲音。

一隻狗的吠叫聲。

巴斯特的吠叫聲。

「巴斯特！」明蒂大聲叫道，「我聽見牠的聲音！」

「我——我也聽到了！」我呼喊道，轉過身體，抬眼望著我們頭頂的窗戶，「當穆斯拉下繩子時，牠被鬆綁了，之後跟著我們過來！牠一定在外面！」

我好希望巴斯特能說話，可以跑回家告訴媽媽和爸爸，我們遇到了可怕的麻煩。

可是牠只能吠叫，或者……牠能做得更多嗎？

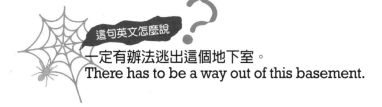

我突然想起，每當巴斯特出現，哈普和奇普有多驚恐，臉上都帶著驚悚的表情。

我的心因希望而顫動著。或許矮人怕狗，或許巴斯特能嚇唬它們，讓我們離開，或許牠甚至可以嚇得它們返回昏睡狀態。

我靠著牆邊，逐步接近我姊姊。「明蒂，我覺得矮人怕巴斯特，如果我們將牠引到這裡，我認爲牠可以救我們。」

我們沒有任何遲疑，三個人開始朝窗戶大呼小叫，「巴斯特！巴斯特！過來這裡，孩子！」

牠可以從矮人的吟唱聲中聽到我們的叫聲嗎？

可以！牠的大腦袋越過窗戶，往下仔細看著我們。

「好孩子！」我大聲叫道，「現在過來這裡，快過來，巴斯特！」

巴斯特張開嘴巴，垂下粉紅色的舌頭，開始喘氣著。

「好狗狗！」我輕哼著，「好狗狗——下來這裡，快點！來，孩子！來，巴斯特！」

這句英文怎麼說

或許矮人怕狗。
Maybe the gnomes are afraid of dogs.

巴斯特把頭伸進窗戶，打了個哈欠。

「下來，巴斯特！」明蒂命令道，「下來這裡，孩子！」

牠把頭拉出窗外，在外面地上安坐下來，我可以看到牠的腦袋靠在爪子上休息。

「不，巴斯特！」我在一片吟唱聲中尖聲叫道，「來，孩子！不要躺下！過來！巴斯特，快過來！」

「噢嗚？」牠把頭推入窗戶，前進，再前進。

「眞是好孩子！過來！」我懇求道，「再一點……再一點，如果你下來這裡，我會每天餵你吃五次狗狗點心。」

巴斯特把頭歪向一邊，聞著地下室潮濕、有汗味的空氣。

我向牠伸出雙臂，「拜託，巴斯特，你是我們最後的機會，拜託——快點！下來這裡。」

令我沮喪的是，巴斯特的腦袋退出了窗戶。

牠轉過身，接著小跑步走了。

26.

明蒂和穆斯吐出長長且失望透頂的嘆息。「巴斯特背棄了我們。」明蒂輕聲道，她的肩膀無力地下垂。

穆斯跪在地上，搖了搖頭。

「彈跳床！彈跳床！」

吟唱的內容改變了。

哈普對我們笑了笑，「也許我們會把你們當彈跳床玩！那應該很有趣！」

「該是投票時間了！」奇普補充說明道，熱切地搓著雙手。

「彈跳床！彈跳床！」

「拔河比賽！拔河比賽！」

這句英文怎麼說

這個詞給了我一個靈感。
The word gave me an idea.

我用雙手遮住耳朵，企圖將它們刺耳的聲音阻擋在外。

安靜，拜託給我安靜！我祈禱著。

安靜。

這個詞給了我一個靈感。

安靜，巴斯特的狗哨子是安靜無聲的！

突然間，我知道該怎麼將巴斯特帶回來！

「明蒂！」我大聲喊道，「狗哨子！當我吹狗哨子時，巴斯特總是會來！」

明蒂抬起頭，神情發亮，「沒錯！」她大聲叫道，「快點，喬！」

我抓住T恤底下閃亮的金屬哨子，它混合著汗水令我感覺很滑溜。這個必須有用，我思忖著，它必須帶回巴斯特。

我拉出狗哨子。

「哨子！」幾個矮人尖聲叫道。

房間立刻安靜下來。

我將哨子舉到嘴巴。

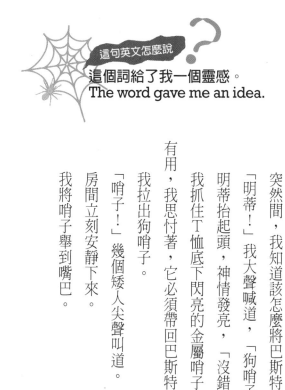

「快點——吹它！」明蒂尖叫道。

出乎我的意料之外，哈普和奇普飛奔衝向我。

它們跳了起來，用力拍掉哨子。

哨子從我手中飛出去。

「不——！」我絕望地大聲叫喊。

我瘋狂地想抓回它。

但是它不停地滾動，滑過地下室的地板。

這句英文怎麼說

狗哨子從他的手中掉出來。

The dog whistle fell from his hand.

27.

明蒂、穆斯和我都撲向它。

不過矮人的動作快了一些。

身穿亮藍色襯衫的矮人舉起哨子，緊握在它的小拳頭中，「我拿到它了！」

「不，你沒有！」穆斯大聲叫道，他跳向那隻矮人，用膝蓋制伏了它。

矮人倒在地上時，哀叫了一聲。

狗哨子從它的手中掉出來。

在堅硬的地板上彈跳到我這裡。

我撈起它，準備舉到我的嘴唇。

三隻矮人跳到我的肩膀上，咯咯笑聲和哼哼聲此起彼落。

「不——！」當它們撞出我手中的哨子時，我發出一聲吶喊，跌倒在地上，三隻矮人壓在我的身體上。

最後我甩掉它們，跳起來。我的眼睛尋找著哨子。

我看見一小群矮人潛到地上，爭先恐後地搶它。距離幾英尺外，穆斯奮力抵抗四、五個矮人，它們組成一條陣線擋住他。明蒂正在與另一組矮人對戰，它們的小手圍住她的雙腿和腰部，試圖拖住她。

接著我看見哈普高高地舉起哨子。

矮人們退後一步，在它周圍清出一個圓形區域。

哈普將哨子放在它前面地板上，接著抬高了它的腳。

它打算要壓碎它。

「不——！」我的喉嚨釋放出另一聲喊叫，我艱難地迅速移動，時而爬行，時而奔跑。

當哈普沉重的石膏腳踩下時，我伸出了手。

摸索著哨子。

這句英文怎麼說

哨音會起作用嗎？
Would the whistle work?

抓住它。

當矮人的腳沉重地踩下時，我滾開了，矮人的腳離我的頭只有幾英寸。

我坐起身來，舉起哨子到我的嘴唇。

用盡全力地吹著它。

現在如何？

哨音會起作用嗎？

巴斯特會跑來拯救我們嗎？

28.

我再次吹響沉默的哨聲。

轉頭看向窗戶，巴斯特，你在哪裡？

矮人們一定在問相同的問題，因爲它們也凍結在原地，興奮地喋喋不休、咯咯笑聲和吟唱聲全都停止了。

唯一能聽到的聲音，是我自己短淺的呼吸聲。

我盯著窗戶看，只有一塊黑色矩形，沒有巴斯特出現的跡象。

「嘿！」穆斯的喊叫讓我轉過頭。

「看看它們！」穆斯的嗓音在寂靜中迴響。

「看——它們全都凍結了！」明蒂說，她把雙手放在其中一個矮人的橘色

這句英文怎麼說

為什麼它們會凍結不動？
Why did they all freeze up again?

帽子上，然後推開它。

它撞到地板後，沒有移動，就像一大塊石膏。

「我不懂！」穆斯搔著平頭說。

我依然緊緊地抓著狗哨子，在房間內走來走去，檢查凍結的矮人們，推倒它們，享受久違的沉默。

「它們回到昏睡狀態了。」明蒂喃喃自語道。

「但是怎麼會？」穆斯質問道，「巴斯特沒有出現，如果它們不怕那隻狗，爲什麼它們會凍結不動？」

我突然知道了答案，再次舉起哨子，並且吹響它。「是哨子，」我恍然大悟地解釋道，「不是巴斯特，我弄錯了，它們害怕哨聲，不是狗。」

「我們離開這裡吧，」明蒂輕聲道，「只要我還活著，永遠不想再看到另一個草地矮人。」

「我要告訴爸媽這件事……」穆斯說。

「哇啊！」我大叫，抓住他的肩膀，「我們不能告訴任何人關於這件事，不行！」

「爲什麼不行？」他質問道。

「因爲沒有人會相信這件事。」我回答。

穆斯盯著我看了很久。「你是對的，」他最後同意道，「你肯定是對的。」

明蒂走到牆邊，盯著窗戶，「我們怎麼離開這裡？」

「我知道方法。」我告訴她。我拿起哈普和奇普，把它們豎立在窗戶下方，接著爬上它們的肩膀，雙手扶著窗戶往上爬。「謝謝你們的幫助，各位。」我朝下面喊道。

它們沒有回應。

我希望它們徹底凍結了。

明蒂和穆斯跟著我出來。當然，巴斯特正在院子等我們，當我出現時，牠粗短的尾巴開始搖擺，跑過來舔著我的臉，直到我完全濕透又黏膩。

「對不起，夥計，你來得有點晚，」我告訴牠，「你沒有多大幫助——是吧！」牠多舔我幾下，接著問候明蒂和穆斯。

這句英文怎麼說

因為沒有人會相信這件事。
Because no one will believe it.

「呀——！我們出來了！我們出來了！」穆斯大聲喊道，他用力拍打我的背，嚇得我以爲牙齒要飛出去！

我轉頭看我姊姊，高唱道：「搔癢！搔癢！搔癢！」

「別鬧了！」明蒂大聲喊道，表演今天的第一千次翻白眼。

「搔癢！搔癢！搔癢！」我用雙手擺出搔癢的動作，開始在街上追著她跑。

「喬——停下來！別對我搔癢！我警告你！」

「搔癢！搔癢！搔癢！」

我知道自己永遠不會忘記那些高亢的吟唱，我知道有很長很長一段時間，我會在夢中聽到它們。

第二天晚上爸爸回家時，明蒂和我正在書房看MTV節目。

「對你們爸爸好一點，」媽媽已經提早警告我們，「他非常傷心有人偷走了他的兩隻草地矮人。」

是的，當他醒來時，兩隻矮人失蹤了。

超大驚喜。

明蒂和我非常高興，我們一整天都沒有任何爭吵。

現在我們很開心見到爸爸——除了他臉上有一種奇怪的表情。「呃……我帶了一點驚喜回家。」他宣布道，內疚地看著媽媽。

「又是什麼？」她質問道。

「過來看。」爸爸領著我們去前面草坪。

太陽消失在樹木後面，天空呈現灰濛濛的樣子，但是我仍清楚地看到爸爸這次在美麗草地購買的東西。

一個巨大的棕色石膏猩猩！

它至少八英尺高，有碩大的黑色眼睛和亮紫色的胸膛，手掌的尺寸如同棒球手套，頭像籃球一樣大。

「它是我見過最醜的東西！」媽媽大聲叫道，雙手掩面，「你不會真的把那個恐怖的怪物放在我們前面的草坪上——對吧，親愛的？」

任何東西都比那些草地矮人好，我思量著，任何東西都比那些甦醒後製造可

這句英文怎麼說

它是我見過最醜的東西！
It's the ugliest thing I ever saw!

怕惡作劇的草地矮人來得好。

我望著明蒂，我感覺她在想著同樣的事情。

「我認爲它很漂亮，爸爸，」我表示，「它是我見過最好看的草地大猩猩！」

「它很棒，爸爸。」明蒂也同意。

爸爸露出微笑。

媽媽轉過身，匆匆回到屋裡，無奈地搖著頭。

我抬頭看著大猩猩那張用紫色和棕色彩繪的巨大臉龐。「做個善良的大猩猩，」我低語道，「別像那些可怕的矮人。」

當我轉身離開時，大猩猩向我眨了眨眼睛。

Q：矮人來自哪裡？

RLS：有些來自儒威（Gnorway），有些來自阿拉斯加州的儒姆（Gnome）。你知道它們是古代儒曼人（Gnomans）的後裔嗎？

Q: Where do gnomes come from?
RLS: Some come from Gnorway. Some come from Gnome, Alaska. Did you know they date back to the ancient Gnomans?

Q：如果要把一個看似無害的想法或對象變成非常可怕的東西，你有什麼建議？

RLS：這真的是我的祕密之一。任何事物都可能是可怕的，尤其當它平常不可怕，卻突然變得可怕時，那就更令人害怕了。怪物本來就很可怕，但是假如你可愛的小寵物倉鼠突然變得巨大又邪惡呢？那種感覺不是更可怕嗎？

Q: How do you recommend making a seemingly innocent idea or object become something completely frightening?
RLS: That's really one of my secrets. Anything can be scary — and when something is usually not scary and becomes scary — it's scarier. Monsters are scary, but what if your sweet little pet hamster suddenly got big and mean? Wouldn't that be even scarier?

與R.L.史坦恩的Q & A

【中英文對照】

Q：你有花園嗎？如果可以，你會種什麼噩夢般的植物呢？

R.L. 史坦恩（RLS）：我只會種維納斯捕蠅草，到了夜晚，我可以一邊休息，一邊聽著它們優雅地捕獲路過昆蟲的聲音。

Q: Do you have a garden? What kind of nightmarish things would you grow if you could?
R.L. Stine (RLS): I would grow only Venus flytraps. At night, I could relax and listen to their gentle snapping at passing insects.

Q：你有沒有像收集庭園雕像這類的奇怪嗜好？

RLS：你不會認為收集人類頭骨很奇怪吧？沒有啦，說真的，我的奇怪嗜好就是嚇唬孩子們。

Q: Have you ever had a strange hobby like collecting lawn ornaments?
RLS：You don't consider a human skull collection strange — do you? No. Seriously. My strange hobby is scaring kids.

那是個悶熱難耐的六月午後。
It was a hot, sticky June afternoon.

我有多愛贏球，明蒂就有多討厭輸球。
As much as I love to win, Mindy hates to lose.

起碼我是個有趣的騙子！
At least I'm a funny cheater!

他們對於園藝充滿狂熱。
They're nuts about gardening.

輪到誰發球？
Whose serve is it?

所有色彩從明蒂的臉上褪去。
All the color drained from Mindy's face.

那是這個月的第十五顆球。
That's ball number fifteen for this month.

你對他做了什麼？
What have you done to him?

你們兩個傢伙真的很幼稚。
You guys are totally juvenile.

牠會毀掉那些甜瓜的！
He's going to destroy the melons!

吹哨子。
Blow the whistle.

我們會確保巴斯特遠離您的菜園。
We'll make sure Buster stays out of your yard.

你唯一做的是露出虛偽的笑容。
All you did was smile that phony smile.

明蒂和我互看一眼。
Mindy and I glanced at each other.

- 爸爸在那個地方購買他的草地裝飾品。
  It's the place where Dad buys his lawn ornaments.
- 他每逢假日就會幫它們穿衣打扮。
  He dresses them up on holidays.
- 這棟老房子狀況不佳。
  The old house is not in good shape.
- 她的耳朵有點重聽。
  She's a little hard of hearing.
- 萬聖節可以把它們裝扮成鬼。
  We'll dress them as ghosts for Halloween.
- 你真的相信那隻矮人抓著我？
  Did you really believe that gnome grabbed me?
- 別抱怨了。
  Quit complaining.
- 看我這一招！
  Take that!
- 巴斯特正忙碌地舔著它的臉。
  Buster busily licked his face.
- 她可能認為我在開另一個玩笑。
  She probably thought I was playing another joke.
- 驚悚的表情已經消失無蹤。
  The terrified expression had disappeared.
- 甜瓜的種子散落四處。
  Melon seeds were scattered everywhere.
- 接得好！
  Nice catch!
- 一顆大約半英寸長的橘色種子。
  An orange seed about half an inch long.

那顆種子怎麼會在那裡？
How did that seed get there?

你最好不要！
You better not!

一定是浣熊吃掉麥考先生的甜瓜。
The raccoons must have eaten Mr. McCall's melon.

它們全被毀了！
They're totally ruined!

昨晚我抓到喬偷偷摸摸地出去。
I caught Joe sneaking outside last night.

真是無聊至極的一天。
What a totally boring day.

我們走了兩英里。
We walked about two miles.

她會幫我想清楚這是怎麼一回事。
She'll help me figure this out.

為什麼你要把我從工作中拉出來？
Why did you get me away from my work?

它們在麥考家的菜園為非作歹。
They're doing horrible things in the McCalls' garden.

大家今天過得如何？
How was every one's day?

現在沒時間開玩笑。
This is no time for jokes.

我知道誰該為此事負責！
I know who's responsible for this!

我沒有碰你那些爛番茄！
I didn't touch your lousy tomatoes!

為什麼你要叫醒我們？

Why did you wake us up?

她會相信我嗎？

Would she believe me?

我站在她黑暗又寂靜的房間。

I stood in her dark, silent room.

我仔細地聆聽。

I listened closely.

我沒有將它們藏起來。

I didn't hide them.

為什麼不回答我呢？

Why didn't you answer me?

小矮人們不在那裡。

The gnomes aren't out there.

我又有什麼選擇？

What choice did I have?

為什麼他沒有停進車庫？

Why didn't he park in the garage?

它們不會到處亂跑惡作劇。

They don't run around doing mischief.

我以為你臨陣退縮了。

I thought you chickened out.

我們已經待在這裡超過兩小時。

We've been out here for over two hours.

我們必須離開這裡。

We have to get out of here.

我們互相幫忙對方站起來。

We helped each other to our feet.

小矮人們是這裡所有麻煩的幕後兇手。
The gnomes were behind all the trouble around here.

巴斯特持續大聲狂叫。
Buster was still barking his head off.

把我姊姊放下來！
Put my sister down!

我們沒有要傷害你們。
We mean you no harm.

你們不覺得無聊嗎？
Don't you get bored?

我們永遠不會對你們再做任何惡作劇。
We will never cause you any more mischief.

我們不能等到明天嗎？
Can't we wait until tomorrow?

我們得找到電燈開關。
We've got to find the light switch.

哈普舉手拍掌三次。
Hap clapped his hands three times.

你們耍我們！
You tricked us!

但是惡作劇才正要開始！
But the mischief has just begun!

我嚇到它們了嗎？
Had I frightened them?

一定有辦法逃出這個地下室。
There has to be a way out of this basement.

或許矮人怕狗。
Maybe the gnomes are afraid of dogs.

這個詞給了我一個靈感。

The word gave me an idea.

狗哨子從他的手中掉出來。

The dog whistle fell from his hand.

哨音會起作用嗎？

Would the whistle work?

為什麼它們會凍結不動？

Why did they all freeze up again?

因為沒有人會相信這件事。

Because no one will believe it.

它是我見過最醜的東西！

It's the ugliest thing I ever saw!

「雞皮疙瘩系列」
最強男主角史賴皮單飛了！
史賴皮
搞怪連篇
SLAPPYWORLD
R.L. 史坦恩（R.L.STINE）◎著
史上最暢銷系列叢書「雞皮疙瘩」番外篇隆重登場！
哈哈哈！
給不給糖，我都要搗蛋！
咒你生日快樂
恐怖音樂盒
邪惡雙胞胎
附錄「這句英文怎麼說」、
「美式俚語這樣說」，看故事，輕鬆學實用英文！
©Goosebumps/Scholastic In

雞皮疙瘩系列 44

小矮人的復仇

原著書名—— Revenge of the Lawn Gnomes
原出版社—— Scholastic Inc.
作　　者—— R.L. 史坦恩（R.L.STINE）
譯　　者—— 連婉婷
企劃選書—— 何宜珍
責任編輯—— 劉枚瑛

國家圖書館出版品預行編目 (CIP) 資料

小矮人的復仇 / R. L. 史坦恩 (R. L. Stine) 著；連婉婷 譯 .
-- 初版 . -- 臺北市：商周出版：家庭傳媒城邦分公司發行，
民 110.6 176 面；14.8 x 21 公分 . --（雞皮疙瘩系列；44）
譯自：Revenge of the Lawn Gnomes
ISBN 978-986-5482-64-0（平裝）
874.596　110004119

版　　權—— 黃淑敏、吳亭儀、邱珮芸、劉鎔慈
行銷業務—— 黃崇華、賴晏汝、周佑潔、張媖茜
總 編 輯—— 何宜珍
總 經 理—— 彭之琬
事業群總經理—— 黃淑貞
發 行 人—— 何飛鵬
法律顧問—— 元禾法律事務所 王子文律師
出　　版—— 商周出版
臺北市中山區民生東路二段 141 號 9 樓
電話：(02) 2500-7008 傳真：(02) 2500-7759
E-mail：bwp.service@cite.com.tw
Blog：http://bwp25007008.pixnet.net./blog
發　　行—— 英屬蓋曼群島商家庭傳媒股份有限公司城邦分公司
台北市 104 中山區民生東路二段 141 號 2 樓
書虫客服專線：(02)2500-7718、(02) 2500-7719
服務時間：週一至週五上午 09:30-12:00；下午 13:30-17:00
24 小時傳真專線：(02) 2500-1990；(02) 2500-1991
劃撥帳號：19863813 戶名：書虫股份有限公司
讀者服務信箱：service@readingclub.com.tw
城邦讀書花園：www.cite.com.tw
香港發行所—— 城邦（香港）出版集團有限公司
香港灣仔駱克道 193 號超商業中心 1 樓
電話：(852) 25086231 傳真：(852) 25789337
E-mailL：hkcite@biznetvigator.com
馬新發行所—— 城邦（馬新）出版集團【Cité (M) Sdn. Bhd】
41, Jalan Radin Anum, Bandar Baru Sri Petaling,
57000 Kuala Lumpur, Malaysia
電話：(603)90578822 傳真：(603)90576622
E-mail：cite@cite.com.my

美術設計—— 王秀惠
印　　刷—— 卡樂彩色製版有限公司
經 銷 商—— 聯合發行股份有限公司
電話：(02)2917-8022 傳真：(02)2911-0053

■ 2021 年（民 110）6 月 8 日初版
■ 定價 / 250 元

ISBN 978-986-5482-64-0

Printed in Taiwan
城邦讀書花園
www.cite.com.tw

Goosebumps®

Goosebumps®